CLASSIC
當代大師
文學經典

加布列・賈西亞・馬奎斯
Gabriel García Márquez

關於愛與其他的惡魔

DEL AMOR Y OTROS DEMONIOS

葉淑吟 譯

來自各界無比崇敬的最高讚譽！

馬奎斯抒情又神奇的語言書寫功力，沒有人能夠做得到！

——布克獎得主／薩爾曼．魯西迪

故事豐富且驚人，自信而雄辯，神秘又迷人！

——普立茲獎得主／約翰．厄普代克

馬奎斯是少數幾位有能力去召喚愛情，卻不需要諷刺或感到難為情的作家之一。

——《世界報》書評／尚—方斯華．福格爾

懷舊又諷刺，一部耀煌的寓言與幽暗的比喻，《關於愛與其他的惡魔》卓越地展現了賈西亞・馬奎斯的故鄉哥倫比亞如何在他心中激起無窮的魅惑與覺醒，馬奎斯再一次編織了他的「魔法」！

——《泰晤士報》書評／彼得・坎普

一部極為優秀且深具魅力的作品……賈西亞・馬奎斯保留了一個重要又非凡的聲音，以及一支天使般的筆。

——洛杉磯時報

光芒四射……這本書證明了這位魔幻寫實作家仍處於他的巔峰狀態，並繼續工作著。

——紐約時報

身體是什麼？存活下來的又是什麼？何為肉體？何為精神？何為惡魔？賈西亞・馬奎斯的答覆甚至帶點說教意味，卻又動人心弦，這是一部精心力作！

——布克獎得主／A・S・拜厄特

迷人至極……它涵蓋了從滑稽可笑到神秘未知的情感範疇，喚醒了文明的質地，也展現出在廣大的小說領域中極少被人觸及的成就。——波士頓環球報

一位精妙的作家，聰明、富同情心，非常有趣！——每日電訊報

精湛無比，令人強烈地渴望閱讀！——英國《Time Out》雜誌

馬奎斯是一位奇蹟的傳播者！——週日泰晤士報

一位富有想像力的天才作家！——衛報

本世紀最令人回味的作家之一！——美國小說家／安．泰勒

導讀——

爲妳而生，爲妳而亡

墨西哥國立自治大學拉丁美洲研究博士
淡江大學西班牙文系、拉丁美洲研究所教授
淡江大學外國語文學院院長
陳小雀

人間最美的事物應屬愛情，亙古以來，多少纏綿悱惻的愛情故事流傳於世，而令騷人墨客藉文學作品歌詠愛情。在希臘神話裡，面對權利、智慧和愛情三者的利誘，帕里斯（Paris）毫不猶豫地選擇了愛情，因而得到傾國傾城的海倫，並引發特洛伊戰爭，最後導致特洛伊滅亡。愛情是如此令人癡、令人狂，東西文化皆然，元好問的那句「問世間，情為何物，直教生死相許！」貼切道出愛情的重量，教人為之迷戀。

的確，愛是最扣人心弦的題材，永遠不褪色，也永遠談不膩。愛是救贖，也是毀滅；愛是純潔，也是墮落；愛是動力，也是禁忌；愛是希望，也是幻影。賈西亞．馬奎斯（Gabriel García Márquez，一九二七—二〇一四）喜歡寫孤寂、談死亡、說愛情，尤其禁忌的愛更是不斷出現在他的作品裡，彷彿藉愛情議題，凸顯對愛的渴望，以及對人生的焦慮。於是，在《百年孤寂》（*Cien años de soledad*，一九六七）裡，他以亂倫反射出拉美紛擾政治，以及自我封閉的靈魂；《愛在瘟疫蔓延時》（*El amor en los tiempos del cólera*，一九八五）藉一段三角戀情，詮釋愛與恨、老與少、分與合、生與死等人生抉擇。對賈西亞．馬奎斯而言，愛情必須結合孤寂、融入死亡；或者，更貼切地說，三者交融不分。《關於愛與其他的惡魔》（*Del amor y otros demonios*，一九九四）正是如此，透過孤寂人物，詮釋一段刻骨銘心的愛情，而愛情在死亡中昇華為永恆，流洩出女人、宗教、信仰、傳統、社會與認同等議題。

賈西亞．馬奎斯本為記者出身，對歷史事件、社會議題皆有極高的靈敏度，例如，《迷宮中的將軍》（*El general en su laberinto*，一九八九）以美洲解放者玻利瓦（Simón Bolívar，一七八三—一八三〇）的生命尾聲為藍本，慢慢勾勒出解放者的孤寂形象，回溯英雄的光榮過去，同時也鋪陳南美洲儼然迷宮的政治氛圍。或者，《獨裁者的秋天》（*El otoño del Patriarca*，一九七五）融合了多位拉美獨裁者的人格特質，雖未指名道姓，卻從文中橋段，影射尼加拉瓜蘇慕沙（Somoza）王朝的窮途末路。另外，《綁架新聞》（*Noticia de un secuestro*，一九九七）則為報導文學，著墨於現代社會議題，敘述哥倫比亞的毒品世界，以及販毒集團如何控制政府。

文學中有歷史脈絡，歷史中則有文學底蘊，正是賈西亞・馬奎斯典型的寫作風格。

於是，在《關於愛與其他的惡魔》，賈西亞・馬奎斯將己身的本事，以及早年（一九四八—一九四九）在古城卡塔赫納（Cartagena de Indias）擔任實習記者的經歷，全賦予一個同名同姓的記者，以第一人稱的敘事者「我」，探究發生在這座古城的殖民歷史。卡塔赫納位於哥倫比亞西北部，建於一五三三年，為一座瀕臨加勒比海的港埠城市。在殖民時期，卡塔赫納是西班牙帝國在南美洲的樞紐，一艘艘滿載珍寶的西班牙帆船，曾帶給這個港埠繁榮景象，因而引起海盜覬覦並多次遭洗劫蹂躪；同時，一批批由非洲進口的黑奴，也讓這座城市散發詭譎文化，進而使天主教信仰產生變形。卡塔赫納應該是賈西亞·馬奎斯最愛的城市之一，他於一九四八年首次造訪這座古城，即戀上這座風光旖旎的海岸城市，卻同時厭惡古城菁英階級的頑固排外心態。如此複雜的情結，在他頂著諾貝爾文學獎桂冠之後，便經常駐足卡塔赫納，讓他一再以卡塔赫納為小說的故事背景，相繼寫出《愛在瘟疫蔓延時》、《關於愛與其他的惡魔》，甚至在卡塔赫納大興土木，炫耀式地建造豪華別墅，更在此完成自傳《活著是為了說故事》（*Vivir para contarla*，二〇〇二），最後連他自己的骨灰也長眠於此。

卡塔赫納，美的令人屏息，也固執得讓人窒息！儼然在自虐中得到快感，賈西亞·馬奎斯以魔幻寫實手法，將卡塔赫納的好壞融入同一個文本之中！尤其，卡塔赫納城內那間建於一六二一年的聖塔克拉拉修道院

（Convento de Santa Clara），昔日係靈修之地，後來被改為醫院，也曾被當成監獄，多麼不協調的用途啊！宏偉建築終究不敵歲月的摧殘，到了二十世紀中葉只見斷垣殘壁，而在一九四九年被改建成觀光大飯店。興盛與頹圮、繁華與蒼涼、青春與衰老、神聖與邪惡……聖潔的修道院竟然暗藏不堪的一面！其實，二元對立交相輪迴是歷史的不變定律，也是真實的人生寫照！

轉個彎，聖塔克拉拉修道院矗立在眼前，這是一棟孤單的白色建築，三層樓，開滿藍色百葉窗，下邊是一處堆積垃圾的沙灘。

隨著聖塔克拉拉修道院遭拆除，那塵封數百年的墓穴也被打開，彷彿開啟一道時光裂口，引領讀者穿梭光陰，回到殖民時期的卡塔赫納，窺探埋葬於修道院內的秘密，拼湊出摻雜民間奇譚的歷史。每一具屍骨代表一樁故事，其中，那具十二歲小女孩的骨骸，去世了兩百餘年，古銅色頭髮竟不斷生長，長了二十公尺又十一公分，在長髮飄出墓穴之際，小女孩霎時有了溫度，留著一頭從出生以來就沒剪過的長髮，在黑白混血女奴的陪伴下，走入卡塔赫納嘈雜的奴隸市場……

十八世紀中葉以降，卡塔赫納日益蕭條破敗，重要性已不如往昔，連黑奴進口數也不如古巴的哈瓦那。《關於愛與其他的惡魔》是賈西亞·馬奎斯首部以非洲黑奴文化為背景的小說，一開卷，頹廢腐敗襲擊而來，海灘上浮現一具具從奴船上所丟棄的染病黑奴死屍，再加上狂犬病肆虐，宛若一座混亂失序的城市，居民守著傳統，過著孤寂、封閉、陰鬱與自我放逐的生活。亦即，崩壞的社會、偏執的制度、病態的個人，交織成一幅荒謬景象，而這全肇因於根深柢固的天主教文化。篤信天主教的西班牙拓殖者視征服為天職，鄙視工作，進而有蓄奴制度，並藉宗教法庭（宗教裁判所）防範異端，嚴懲異教徒。換言之，在天主教教會的宰制下，宗教法庭凌駕一切。

這個十二歲小女孩被命名「眾天使的女奴瑪莉亞」（Sierva María de Todos los Ángeles），但中譯本為了方便讀者閱讀而譯為「希娃．瑪莉亞」。「希娃」為女奴之意，引申為天主的僕人；至於「瑪莉亞」則為聖母之名，聖母既是基督之母，也是人類之母，被天主教教會尊為「無染原罪」貞女。小女孩出身貴族，擁有天主教最聖潔的名字，卻得不到父母的愛，而被交由黑奴扶養，並與黑奴一起棲身於院子裡的小木屋。

長期受到黑人文化的影響，希娃．瑪莉亞遊走於兩種文化之間，看似突兀的情節，卻反應出西班牙殖民時期的真實情況，尤其施奴隸制度的環加勒比海地區。希娃．瑪莉亞精通剛果（Congo）、曼丁哥（Mandingo）、約魯巴（Yoruba）三種非洲語言，甚至將自己易名為「瑪莉亞．曼丁哥」（María Mandinga），來營造歸屬感。她以約魯巴海神歐洛昆（Olokun）為守護神，身上戴著數條象徵約魯色神靈的項鍊。約魯巴人是自然崇拜的社會，相信萬物有靈說，故發展出多神教。據統計，在非洲至少供奉四百餘尊約魯巴神靈，部分神靈如海神歐洛昆等，隨著黑奴被引進美洲。黑奴私下舉行祭典，撫慰乖舛的命運，但擔心被天主教教會發現，於是悄悄為每尊非洲神明披上天主教聖人的彩衣，以掩人耳目。至於海神歐洛昆，是陰陽同體，象徵海洋之心，係生生不息的正面能量，也是吞噬一切的黑暗勢力，如此正負相生相剋的奧秘，巧妙地投射在希娃．瑪莉亞身上，外表柔弱，心內卻洶湧澎湃。

她開始捉弄她，希娃．瑪莉亞用眼神嚇阻她。

小女孩無意間遭一隻帶有狂犬病病毒的狗兒咬傷腳踝，雖然幾乎察覺不出傷口，但狂犬病係急性與病毒性腦脊髓炎，一旦發病後，死亡率幾乎百分之百，而小女孩確實出現發燒、抽搐之類的症狀。然而，教人害怕的不是狂犬病，而是小女孩那儼然約魯巴人的行為舉止。是約魯巴信仰被當成狂犬病症狀？抑或狂犬病症狀就如約魯巴儀式一般？相信讀者有不同的解讀。於是，可憐的小女孩被當成惡魔附身，被送進聖塔克拉拉修道院進行驅魔治療，從此再也見不到聖塔克拉拉修道院之外的世界。

卡耶塔諾・德勞拉（Cayetaro Delaura）神父銜命為小女孩驅魔，但他對這個身形較實際年齡瘦小的小女孩起了惻隱之心，尤其那曾在夢境縈迴的身影，令他怦然心動，為了證明小女孩沒被惡魔附身，反令自己受到懲罰。卡耶塔諾・德勞拉這個角色，有西班牙作家加爾西拉索・德・拉・維加（Garcilaso de la Vega，一五〇一——一五三六）的影子，加爾西拉索正是他祖母的高祖父，他對加爾西拉索近乎崇拜，而加爾西拉索的詩受到義大利詩人佩脫拉克（Francesco Petrarca，一三〇四——一三七四）的影響深鉅。佩脫拉克一生只愛蘿拉（Laura），兩人的愛情沒開花結果，佩脫拉克只能藉詩句傳誦她的完美無瑕。「德勞拉」（Delaura）這個姓氏正是由「De」及「Laura」兩字的組合，巧妙地將蘿拉暗藏其中，似乎影射卡耶塔諾・德勞拉及希娃・瑪莉亞兩人無緣相守，只能彼此魂牽夢縈。

卡耶塔諾・德勞拉的信仰動搖了，於是偷偷在暗夜潛入幽禁小女孩的斗室內，為她朗誦加爾西拉索的詩句，與她相擁而眠。小女孩彷彿藉著詩句神遊人間，過著平凡夫妻的生活……

我為妳而生，我為妳重生，為妳而死，為妳而亡。

小女孩終究被迫進行殘暴的驅魔儀式，尤其她那襲長髮被剪下、被燒掉後，宛如失去了約魯巴神靈的保佑，而令她陷入癲狂。同時，這段禁忌的愛終究不容於宗教法庭，卡耶塔諾神父被禁閉在痲瘋病院當醫務員。小女孩無法了解為何卡耶塔諾神父再也沒出現，於是她開始絕食，在第六場驅魔儀式之前死去，而她那被剃光的頭，再度長出頭髮。

小說從死亡開始，最後也以死亡畫下句點。愛是男女之間的情愛，是主僕之間的敬愛，是友人之間的關愛；魔是撒旦，是約魯巴的邪靈，更是造成個人精神錯亂的心魔。除了愛與魔這兩大主軸之外，荒唐氛圍隨著情節穿插其間，並一一浮現其他形象鮮明的人物：庸俗的母親、懦弱的父親、固執的主教、無知的修女、輕浮的市長、霸氣的總督、鬼魅般的瘋女、爭議性頗高的醫生、暴斃的百歲老馬……賈西亞·馬奎斯的魔幻寫實技巧在《關於愛與其他的惡魔》表現得淋漓盡致！

導讀——

彩色細砂流瀉的所在

小說家 高翊峰

從一九四九到一九九四年，那些透明的大小齒輪，走了四十五年的時間。

前者時間，是小說家自述《關於愛與其他的惡魔》這部小說故事的新聞事蹟源頭，後者則是這部小說的出版之年。這樣的跨度，以活者的年歲做為計量單位，不是一種短暫。書內開頭的引述，馬奎斯精準透過當年接受時任報紙總編輯克拉蒙迪．馬奴葉爾．薩巴拉的指示——「你去那邊繞繞，看能得到什麼靈感」——帶出這部小說與卡塔赫納這個地方，之於作者的意義。

時間，似乎並不存在於這位小說巨人的意識之流。反過來思考，也意味著時間從來沒有停止連貫他的生活與記憶。

年輕的馬奎斯在波哥大暴動事件之後，回到海岸區的卡塔赫納，擔任《環球報》的專欄作家。當時的他，如初行飛翔的安第斯神鷲剛剛舒開驚人羽翼，憑藉著文學的光環，進入當地知識分子的階級生活之中。但貧窮依舊圍繞著他，也依舊得靠著朋友們的支助，勉強將個人的日常生活染上南美的豐富色彩。初期的貧窮一直都沒有打倒馬奎斯，他持續像個鬥士，面對紛亂的哥倫比亞世界。

在《環球報》任職這段期間，近二十個月的時間，生成了一件饒富意義的練習──賈西亞．馬奎斯的任務之一是過濾收到的電報，以選擇新聞、提出評論和文學延伸的主題，這點在當時的新聞界是非常重要的。這項每日的磨練必定讓他得到寶貴的經驗，把每日生活發生的事物轉化為「新聞」，成為「故事」，立即揭開日常現實的面紗，對他最近探索卡夫卡的作品提供有力的紓解。**（《馬奎斯的一生》／傑拉德．馬汀著）**這樣的過程，似乎說明了，往後的創作歲月中，馬奎斯花費一定程度的力氣誕生了

《智利秘密行動》、《一位海難倖存者的故事》、《綁架新聞》這類報導文學，也是紀實小說。

在等同寫就小說的過程，同時也將記者編輯寫實的思維，運用在「魔幻」與「寫實」的虛構之中——這樣的寫作思維，一直都隱藏在馬奎斯的創作生命底層，未曾遠離。

從一九四九年開始的四十五年之後，馬奎斯將那位逝世之後兩百年間、依舊在古墓裡持續生長頭髮的希娃．瑪莉亞的故事，寫成了祖母曾經口述予他的傳奇。在這四十五年的漫漫時光中，馬奎斯先後完成了《百年孤寂》、《獨裁者的秋天》、《愛在瘟疫蔓延時》、《迷宮中的將軍》等等，巨大等同於世界謎團的長篇小說。那麼，關於說故事，讀者對於馬奎斯，處於何種等待之中？——這是令我個人著迷的思索針點，也是我想像《關於愛與其他的惡魔》的閱讀起點。

一個齒輪的扭動，在記憶之流，可能是隨機的數十年。在充滿政變、游擊隊戰爭、毒梟恐怖屠殺攻擊與綁架事件的一九九〇年代初期的哥倫比亞，《關於愛與其他的惡魔》這部小說在馬奎斯心中醞釀。在這之前，他剛戰勝一次肺癌的侵擾，但他本人也意識到了一件事：老年。

察覺老者的身影，來自一件所有人都相同的徵兆：忘記名字。這是極小的訊號，但也指向了那個過於新穎的世界：馬康多。因為還有許多事物都還沒有名字，以至於人們需要指著它，進行陳述。

當我指著《關於愛與其他的惡魔》，它如深夜的夢囈，在耳中呢喃：貪心的讀者啊，您是否試圖在黑暗中閉上眼、期待再睜開眼之後，尋找白色？那麼你將會遺忘，在黑暗中，唯一的白，其實早就隱藏於您的雙瞳。也唯有如此，我們或許有機會窺探那些隱身於馬奎斯小說的愛與惡魔。

這部小說的篇幅，不像故事主人翁希娃．瑪莉亞的頭髮，生長到拖曳落地，角色也沒有幻化出不斷生育繁殖的家族體系，說明了馬奎斯在經典短篇小說的剪裁能力，但依舊孕生著讀者熟悉的「馬奎斯技藝」：

如夢境生成落地的拉美現實。

將線性常理扭曲而自行轉彎的虛線情節。

取材自祖輩口傳的魔幻記憶。
將各自獨立的、不可思議的敘事想像，進行有機的串聯。
以及，對於過往歷史感重新下載之後的小說更新。
此外，《關於愛與其他的惡魔》這部小說時間落地於數百年前的哥倫比亞殖民後期，發生於沼澤、莊園與修道院之地，情節遊走於奴隸、巫術、拉美土生與混血之聲、教廷制裁、驅魔與背德的神父愛慾之間。乍看下，讓人以為，這是一部關於逼近宗教信仰與質疑之書。但細細閱讀，不難發現這部小說，在先前《愛在瘟疫蔓延時》如此重要與艱難的愛情鉅著之後，馬奎斯對於「愛」與「性」的糾結與沾黏，即便他可能已經開始預知了自己的死亡紀事，如小說中漸漸背德的神父德勞拉溜進囚牢裡回應希娃．瑪莉亞的話語：**「我會結束，因為我把自己託給一個明知道終將失去和毀滅我的人。」**
人活的時間，會因為老年而結束；但時間不一定能毀滅人，只有性的失去與愛的無能為力，才足以毀滅一位危危頹圮的老者。一九九九年，馬奎斯確定診斷出罹患了淋巴癌，之後，出版了生前最後一部小說《憶我憂傷妓女》（簡體版譯名《苦妓回憶錄》）——或者，應該從「我關於娼婦的悲傷回憶」這樣的視角，來思考這部小說的「愛情」座標。愛與妓，這最後兩部虛構作品，都不算長的長篇小說，前者透過神父選擇不完整的性，面對「慾望的禁止」；後者，則透過一位九十歲、與數百位妓女睡過的老嫖客的第一人稱「自述」，進行著吳爾芙意識流般的敘事演出，在喃喃囈語中，逼近一次拼貼與想像「年老意義的全貌」，以及「性與愛的哀傷」。

初讀愛與妓這兩部小說，不時就會臆測疾病帶給馬奎斯的影響，以及這兩部小說在敘事技藝上的差異。《關於愛與其他的惡魔》是否已經在馬奎斯不經意的狀態下，將魔術師晚期風格的初探，偷渡寫入了小說？然而，在我們終究得面對死亡的認知壓力下，形成了罕見、唯有、特殊、怪異的《憶我憂傷妓女》的出現？由此來看，《關於愛與其他的惡魔》這部小說可能座標了一位處境完全不同的馬奎斯，即將誕生。但被打開的潘朵拉之盒，並沒有給予馬奎斯更多的時間，向晚年提出下一場戰役。

當然，在馬奎斯堅稱下，這兩部小說依舊是愛情小說。兩部小說都有

「蘿莉塔」的處女身影。幾乎是多餘地，我試著詮釋：一直引誘男人嚮往的處女身軀，是否意味著拉丁美洲這片飽受殖民疼痛的處女之地？如是，那麼《關於愛與其他的惡魔》當中的信仰者，那位執意要驅除附身於希娃．瑪莉亞意識上的魔鬼的主教，便是這位年輕女侯爵的殖民者。相同地，懷有深深性愛慾念的神父，則是有條件地在未竟的性行為上，取得了她的身體領地。不論土生白人出生、在語言文化上混血了土著黑奴的希娃．瑪莉亞，如何以真愛等待於囚牢之地，殖民，是一次又一次破處的疼痛。

延伸到《憶我憂傷妓女》中《拉巴斯日報》的老專欄作家，對於初次賣身的少女德嘉蒂娜躺成十字架般的睡夢身軀，一樣也進行了睡美人式的意淫觀看？不，這位年老的電訊編輯更加溫柔，他只是意識到：不管幾歲了，人都需要初戀。一如《關於愛與其他的惡魔》帶給我的訊號：不論你生而為誰，終此一生的身分為何，愛情總是死亡來臨前的唯一依歸。

這不也是一次老者馬奎斯面對「愛與性的魔鬼」的再次探索與自我調侃？——這棟房子，如清晨時分所有其他的妓院一樣，是離天堂最近的地方。（摘自《苦妓回憶錄》）——文中年輕娼婦沉睡如墜地天使的那棟房子，如果換置成《關於愛與其他的惡魔》的修道院牢房，更甚至是加勒比海岸區的老舊殖民城市卡塔赫納——一座需要在死亡來臨前尋找妥協的城市。那麼這一切便又回到書寫的原點。或許都是老年之後馬奎斯困境的所在，也是最後一段生之時光的小說寫作，描摹著內觀全景、卻又卑微渺小的活者記憶。由此座標回看，《關於愛與其他的惡魔》便是馬奎斯最後一次倒轉沙漏，任由那些彩色細砂流瀉的所在吧。

獻給淚如雨下的卡門·巴爾塞斯

看來頭髮不像身體其他部位需要那麼多康復時間。

——托瑪斯・阿奎那

《人體復原的整體性》（第五章，第八十問）

一九四九年十月二十六日是個沒什麼大新聞的日子。當時我在一間報社剛展開記者生涯，總編是克拉蒙迪．馬奴葉爾．薩巴拉老師，這一天他開完早會，跟平常一樣丟出兩、三個建議做為結束。他沒對任何編輯交代特定的工作。幾分鐘後，他從電話得知古老的聖塔克拉拉修道院正在清空墓穴，沒抱太大希望，對我下了一個命令：

「你去那邊繞繞，看能得到什麼靈感。」

這間歷史悠久的聖塔克拉拉修道院在一個世紀前改建成醫院，此刻即將出售，原址會蓋一棟五星級旅館。修道院有個美麗的禮拜堂，屋頂經歷慢慢的崩塌，幾乎已成露天，但是地窖還葬著三代主教、女修道院院長和其他重要人物。他們的第一步是清空地窖，把遺骸交給來認領的人，剩下的棄置公墓。

我相當訝異他們的處理方式如此粗糙。工人拿尖鋤和鶴嘴鋤撬開墓穴，搬出一碰就損壞的腐爛棺木，分開枯骨和覆蓋厚重灰塵的衣服碎片以及乾枯的頭髮。越是知名的死者，花的功夫就越多，因為他們得在屍體堆仔細翻找，小心過濾殘骸，救回昂貴的寶石和金銀飾品。

領班把墓碑上的資料抄寫在學校作業簿上，分開一堆堆屍骨，在每一堆放上標示姓名的紙張，以免搞混在一起。因此，我一踏進靈堂，第一眼看到的是十月毒辣的陽光從屋頂缺口傾瀉而下，烤曬著一長排小山似的屍骨，唯一的身分辨識是用鉛筆寫上名字的紙片。將近半個世紀後，每當我想起那次見證時光流逝的毀滅性力量，依舊膽顫心驚。

眾多屍骨中，有秘魯總督和他的秘密情婦；這個轄區的主教托里比歐．德．卡塞雷．伊維士德斯；好幾任女修道院院長，包括荷西芳．米蘭達修女，以及把大半輩子時光奉獻在製作鑲板式屋頂的藝術學士克里斯多巴．拉索。那邊還有個密封的墓穴，墓碑刻著卡薩杜埃羅侯爵二世伊那西歐．德．阿爾法羅．伊杜涅斯，但是打開後，裡面空蕩蕩的，墓穴從未使用過。相反地，緊鄰的另一個墓碑刻著的是侯爵夫人的名字，骨骸的確在墓穴裡，她叫歐拉亞．德．門多薩。領班沒把這件事放在心上：土生白人貴族裝潢好自己的墳墓，最後卻葬在另一個墓穴的狀況很常見。

值得報導的消息在主聖壇的第三個壁龕，也就是《福音書》旁邊。當鶴嘴鋤一敲下，一頂雲瀑般的亮古銅色頭髮流洩出墓穴外。領班請工人一起幫忙，想把頭髮整個拉出來，他們越拉，頭髮彷彿越長越豐盈，最後拉出還黏著幾綹髮絲的一顆小女孩的頭顱。在這一個壁龕裡只有一小堆散落的骨骸，從遭到鹽分腐蝕的石碑上，還能辨識出一個沒有姓氏的名字：眾天使的女奴瑪莉亞。她閃閃發亮的頭髮攤在地上，一共二十公尺又十一公分長。

領班看來沒太驚訝，他跟我解釋人類的頭髮一個月能長一公分，人死後還會繼續再長，所以他認為二百年來長了二十二公尺是正確的平均值。可是在我看來這一點也不尋常，因為小時候我曾聽祖母說過一個十二歲女侯爵的傳奇故事，據說她的頭髮就像新娘禮服的曳地裙襬拖地，後來她被一隻狗咬了一口，死於狂犬病，加勒比海沿岸的村莊流傳不少她的神蹟故事。我認為這可能是她的墳墓，這也是我那天寫的新聞跟這本書的緣起。

加布列・賈西亞・馬奎斯

一九九四年，卡塔赫納

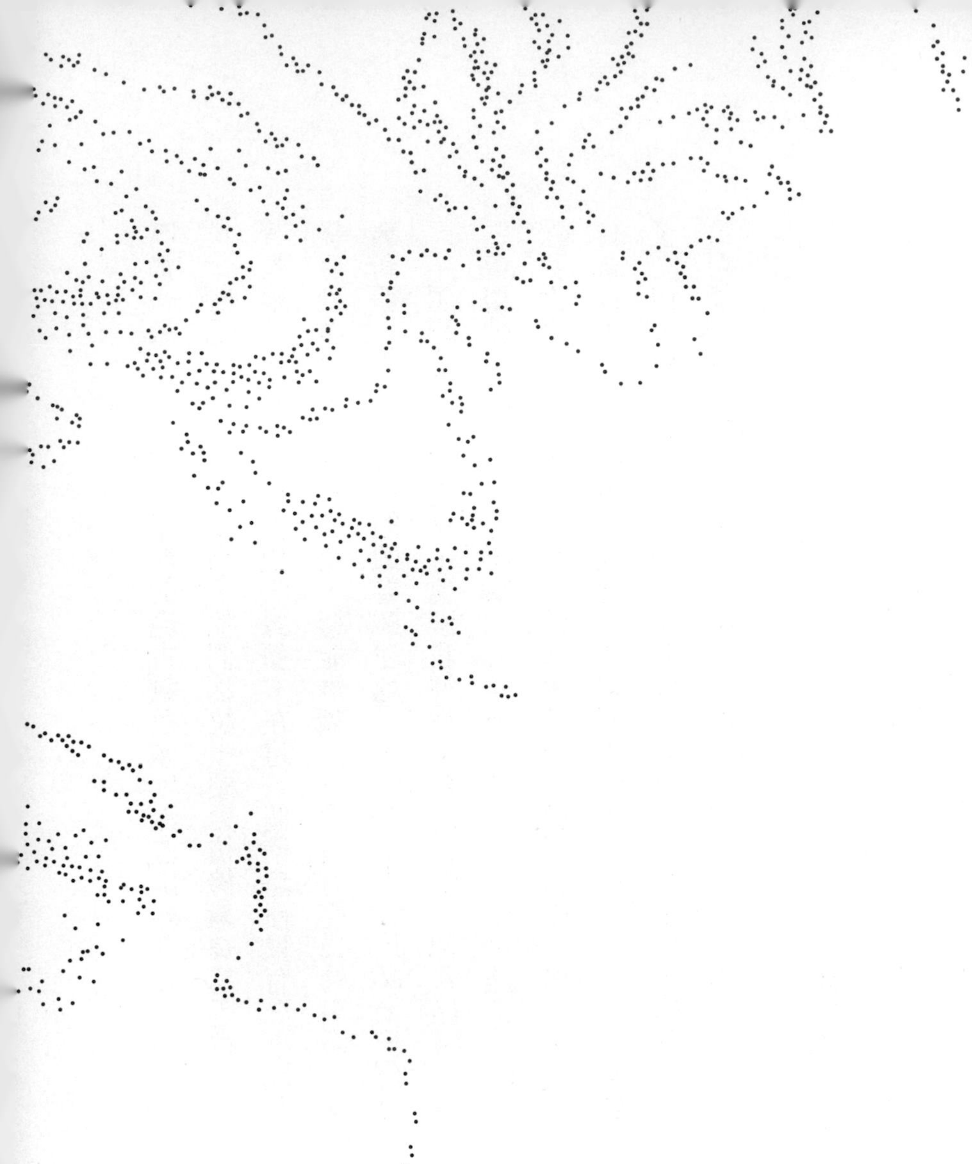

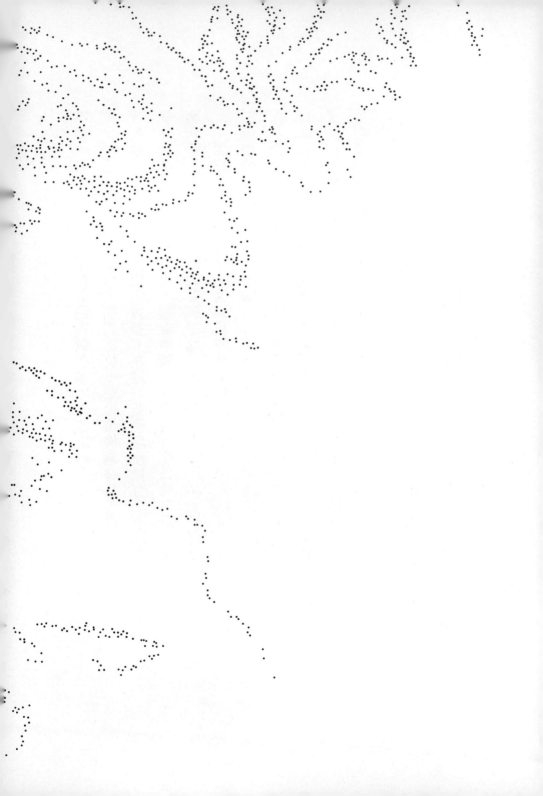

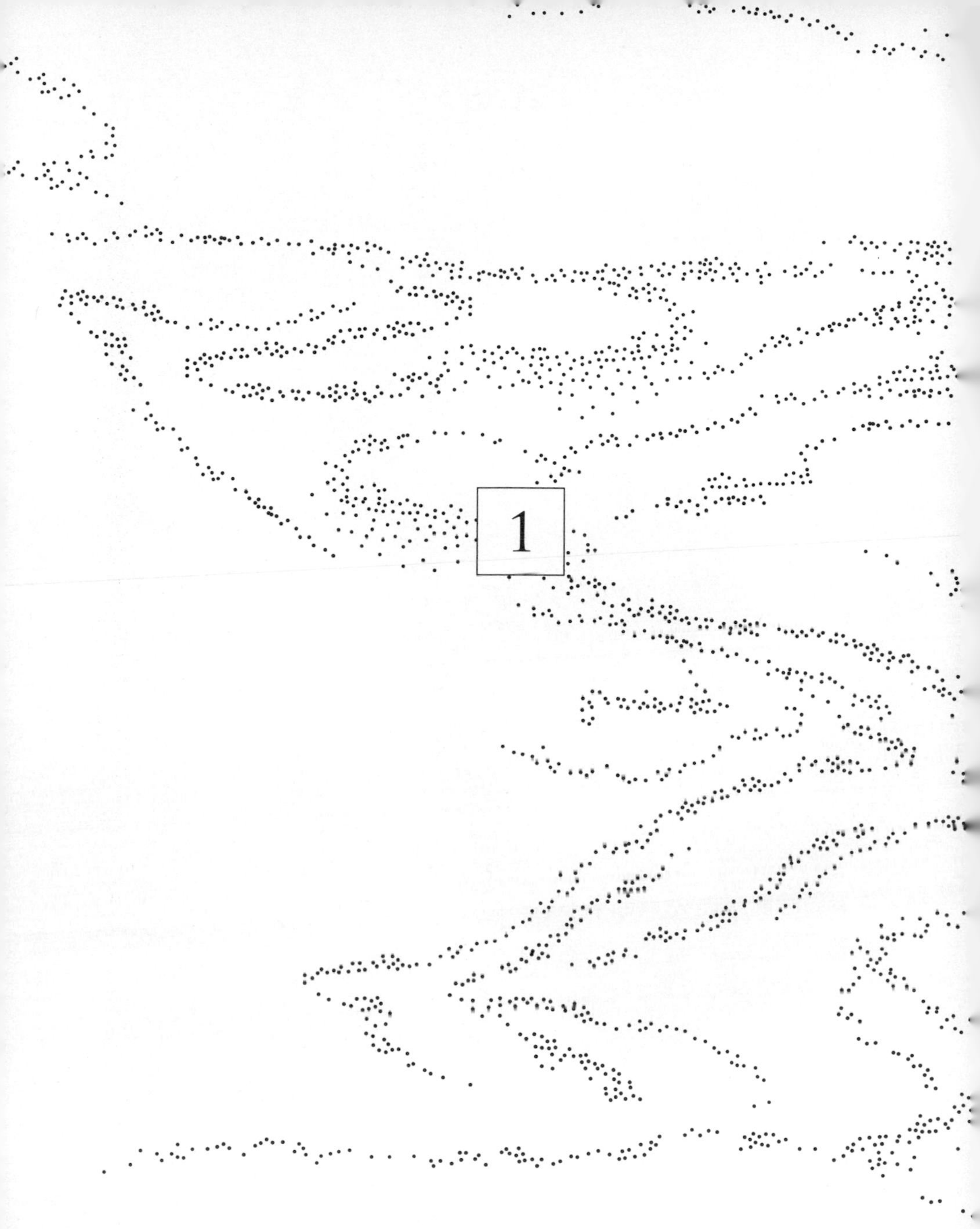

1

十二月的第一個禮拜天，一隻額頭有白斑的灰狗闖進雜亂的市場，撞翻販售油炸食品的攤子，弄亂印地安人的攤位和所有彩券帳篷，還咬傷沿路遇到的四個人。其中三個是黑奴。另一個是卡薩杜埃羅侯爵的獨生女希娃·瑪莉亞，當時她跟著一位黑白混血女僕來買十二歲慶生會上要用的一串鈴鐺。

家裡禁止她們走到商販城門，但是買賣黑奴的港口是如此熱鬧，她的女僕忍不住走到了客西馬尼園旁的吊橋邊，這裡正在拍賣從幾內亞運來的一批奴隸。大家從一個禮拜前，就嚴陣以待這艘卡地茲黑奴公司的船隻，因為船上的死亡人數多得無法解釋。

他們企圖隱瞞這件事，把沒綁石頭的屍體扔進水裡。深層的海水把屍體推上水面，天亮後，海灘上躺著一具具浮腫變形的屍體，皮膚染成詭異的紫紅色。他們害怕爆發某種非洲瘟疫，於是把船停泊在港灣外，直到確認原因是吃了腐壞的冷肉中毒。

那隻狗來到市場時，倖存下來的黑奴已全數拍賣完畢，不過健康情況太差賣不到好價錢，於是他們拿出一張足以彌補所有損失的王牌。那是一個六十三英寸高的衣索比亞女奴，皮膚塗抹的不是一般販售的食用油，而是一層蔗糖糖漿，她美得不可思議，引起了騷動。她的鼻子挺而細，頭顱像葫蘆般渾圓，一雙桃花眼，牙齒完美，舉止讓人錯以為是個羅馬戰士。他們把她關在畜欄裡，但是身上沒有烙印，也沒有公布她的年紀或健康狀況，他們拍賣的焦點是她的美貌。後來總督付現買下她，沒有討價還價，直接拿出跟她等重的金塊。

流浪狗咬人是每天發生的意外，牠們不是追著貓，就是跟禿鷲爭奪街頭奄奄一息的動物，尤其在西班牙大帆船隊航向波托韋洛港口市集，中途帶來豐饒物資和洶湧人潮的期間。同一天四、五個人被咬，還不足以喚醒大家的注意，更遑論像希娃那樣在左腳踝上幾乎看不見的傷口。因此她的女僕沒有大驚小怪。她用檸檬和硫磺替小主人治療，洗乾淨襯裙上的血漬，沒有人再多想這件意外，心思全放在小女孩十二歲的慶生會。

小女孩的母親貝娜妲・卡布列拉是卡薩杜埃羅侯爵夫人，不過沒有封號，這一天清晨她服用強效瀉藥：一杯放了七顆銻丸的粉紅色糖水。她是個個性強悍的麥斯蒂索女人，出身卑賤的貴族；她善於引誘、精於掠奪、貪於玩樂，燃燒著一股要一個兵營才能平息的飢渴。然而，她因為服用過量發酵蜂蜜和巧克力，短短幾年光景風韻不再。她那雙吉普賽眼睛變得黯淡無光，腦子不再機伶過人，糞便出血，嘔吐膽汁。她昔日如人魚曼妙的身材變得臃腫不堪，皮膚失去光澤，就像死了三天的浮腫屍體，她排出一陣陣強烈的臭屁，甚至嚇壞了獒犬。她幾乎寸步不離臥室，即使離開也一絲不掛或僅套著一件嗶嘰布長袍，裡面光溜溜的，看起來比起沒穿還赤裸。

當她拉了七次糞便後，陪伴希娃．瑪莉亞出門的女僕回到了家，她沒把狗咬了小姐的意外告知女主人。她反而跟女主人說起港口拍賣那個女奴的熱鬧景象。「如果她真的像大家說的那麼漂亮，應該是衣索比亞人。」貝娜妲說。但就算那個女奴是示巴女王，她也不認為有人肯花等同她體重的黃金買下她。

「他們說的應該是指披索金幣吧。」她說。

「不是。」有人向她澄清。「是跟女黑奴一樣重的黃金。」

「一個六十三英寸高的女奴重量至少要一百二十黃金英鎊。」貝娜妲說。「不管是白人還是黑女奴都不可能價值一百二十英鎊，除非她的排泄物都是鑽石。」

買賣奴隸這一門生意，沒有人比她還精明，她知道總督真買下衣索比亞女奴的話，絕不會是讓她幹廚房雜活這般崇高的目的。當她正想著這些事的時候，她聽見了慶生會的雙簧管奏起以及鞭炮聲響，接著關在籠子裡的獒犬開始吵鬧。她來到屋外的橘子園，想看看發生什麼事。

卡薩杜埃羅侯爵二世伊那西歐・德・阿爾法羅・杜涅斯也就是達連領主，他正躺在橘子園裡掛在兩棵樹之間的吊床上，他也聽到了音樂。他是個個性陰鬱的人，老苦著一張臉，臉色跟百合花一樣蒼白，像是在睡夢中遭蝙蝠吸血。他在家穿著一襲貝都因人的阿拉伯長袍遛達，還戴一頂托雷多四角帽，給人加深一種弱不禁風的印象。當他看到活像是被上帝放逐到凡間赤條條的妻子，先開口問：

「那是什麼音樂？」

「不知道。」她回答。「今天是幾月幾號？」

侯爵不知道。他應該是真的感到非常不安，才向妻子問起有關音樂的事，而他妻子的心情應該不是太差，所以她的回答沒有話中帶刺。他坐在吊床上，一臉好奇，鞭炮聲再次響起。

「老天。」他大嘆。「到底是幾月幾日啊！」

他們的房屋鄰近一棟收容女病患的聖牧羊女瘋人院。裡頭的女病患聽到音樂和鞭炮聲全都騷動起來，她們來到面對橘子園的露臺上，隨著每一次的爆炸聲齊聲歡呼。侯爵扯開嗓子問是哪兒的節慶派對，她們總算解開他的疑問。這一天是十二月七日主教聖安波羅修節，奴隸的院子裡響著音樂和鞭炮，是獻給希娃・瑪莉亞。侯爵拍了一下額頭。

「對喔。」他說。「她滿幾歲了？」

「十二歲。」貝娜姐說。

「才十二歲？」他說，躺回了吊床。「日子怎麼過得這麼慢！」

在本世紀初之前，他們的屋子一直是城內最值得驕傲的一棟建築。如今屋子破爛陰暗，偌大的空間空無一物，許多東西都不見了，簡直像正在搬家似的。每間廳堂都還保留著黑白方格大理石地板，一些水晶吊燈垂掛著蜘蛛網。有人住的臥室在任何時間都非常涼爽，因為灰石厚牆和長年緊閉，而且十二月的微風從細縫鑽進來會發出嘶嘶聲。屋內冷清和昏暗，濕氣給人一種壓迫感。第一任侯爵的高貴氣派，如今只能從五隻夜間看守的獒犬遙想當年。

奴隸的院子正在慶祝希娃·瑪莉亞的生日，此刻熱鬧喧譁，這兒在第一任侯爵時代好比一座城中城。到了繼任侯爵的時代，要見得到這種景況，只有貝娜妲在馬阿特斯的磨坊以精明手腕經營不正當的奴隸買賣，以及走私麵粉的那段時光。此時所有的榮耀都已是過往雲煙。貝娜妲為貪得無厭的胃口所害，昔日的光芒已經熄滅，他們的院子只剩兩間棕櫚葉屋頂的木造小屋，在這裡見不到一絲僅剩的光輝。

朵蜜嘉·德·阿緬托扮演了連結這兩個世界的橋梁角色，她是個忠誠的黑奴，一直用鐵腕手段管理這個家，直到嚥下最後一口氣那天為止。她身材高䠷具骨感，聰明又有遠見，希娃．瑪莉亞就是她一手帶大。她改信天主教，卻又保留約魯巴宗教信仰，她同時進行兩種宗教儀式，不尋求兩者之間的秩序或和諧。她說，她的靈魂感到相當平靜，她在其中一種找不到的慰藉，可以從另外一種獲得。唯有她有分量充當侯爵和夫人的和事老，獲得兩人的歡心。只有她在發現奴隸在空房間從事雞姦或交換女人通姦時，敢拿起掃帚把他們轟出去。但是自從她死後，奴隸為了躲避正午的炎熱，紛紛逃出木屋，隨地躺下，抓著盤子上的魚肉飯吃，或在走廊陰影處玩孤鵯或嚼舌根子。在這個受到壓迫的世界裡，沒有人是自由的。希娃．瑪莉亞倒是自由的：只有她，而且只在這裡。因此她在這裡舉辦慶生會，在她真正的家跟她真正的家人在一起。

有這麼豐富的音樂、自家奴隸，加上幾個其他大戶人家的奴隸一起來湊熱鬧，根本無從想像這會是個最寒酸的慶生會。小女孩舉止如常。她跳舞，舞姿十分優雅，動作要比起非洲同胞來得有力；她唱歌，用不同的非洲語言跟其他人合唱，或者跟著鳥禽鳴唱或學動物吼叫，把牠們嚇得目瞪口呆。比較年輕的女奴遵照朵蜜嘉的遺命，幫小女孩把臉塗黑，給她戴上許多條巫毒項鍊遮住那條聖牌吊墜，替她保養頭髮，她有一頭從沒剪過的頭髮，要不是她們每天替她打成辮子纏成許多圈，走路時恐怕會絆倒。

小女孩在兩種不同的力量之間初長成。她長得跟母親不太像。她反而繼承了父親瘦弱的體型、無可救藥的靦腆、白皙的皮膚、憂鬱的藍眸，以及亮古銅色的頭髮。她來去無聲無息，就好像隱形了一樣。她的母親對於她古怪的特質感到毛骨悚然，便在她的手腕套了一個牲畜用的頸鈴，好掌握她在昏暗的屋子裡的行蹤。

慶生會過後兩天，女僕不經意向貝娜妲提到希娃·瑪莉亞遭狗咬傷的意外。貝娜妲一邊想著這件事，一邊洗第六次睡前的香皂熱水浴，但是回到臥室時，她已經忘得一乾二淨。一直到隔天晚上，她才又想起來，因為家裡的獒犬無緣無故吠叫到天明，她擔心牠們感染狂犬病。於是她端著燭臺來到院子的小木屋找希娃・瑪莉亞，女兒正睡在從朵蜜嘉那裡繼承來的印度大王椰子葉吊床上。因為女僕沒說傷口在哪兒，她便掀起她的罩衫，拿著燭光一吋接著一吋檢查，她那條贖罪的辮子就像條獅子尾巴纏繞在身軀上。最後她找到了傷口：在左腳踝的一處撕裂傷，上頭的血漬已經乾涸，變成結痂的傷口，在腳後跟還有幾處肉眼幾乎看不見的擦傷。

在城內，狂犬病例不鮮見但也不尋常。當中有個例子相當轟動，那是個小販，他帶著一隻長尾猴走在人行道上，猴子受過訓練，走起路來人模人樣。這隻動物在英國艦隊圍城期間染上狂犬病，牠咬傷主人的臉，逃往附近的丘陵。後來這個倒楣的雜耍販產生恐怖的幻覺，就在發作時遭人亂棒打死，往後許多年，他的故事傳唱大街小巷，變成媽媽拿來嚇唬孩子的歌謠。小販死後不到兩個禮拜，一群淘氣的獼猴大白天溜下山。牠們搗毀豬圈和雞舍，後來闖進教堂哀號，口吐鮮血窒息死亡，當時裡頭正在唱讚美詩慶祝英國艦隊戰敗。然而，史上並沒有記載真正可怕的悲劇，因為那是發生在黑奴身上，人們把傷患關在囚禁逃亡奴隸的柵欄，以非洲巫術治療他們。

儘管前例俱在，不論是白人、黑人還是印地安人都不太在意狂犬病，或潛伏期長的疾病，除非開始出現什麼無法救治的病徵。貝娜妲也照這套方式處理。她心想，黑奴虛構的故事要比基督教徒的故事渲染得更快更遠，連小小的狗咬傷口都可能傷害家族的名譽。她相信自己的判斷，便沒把這件事告訴丈夫，一直到隔一個禮拜日她才又想起，這一天女僕獨自上市場，看見扁桃樹上吊著一具狗屍，公告民眾牠死於狂犬病。她瞥一眼就從那隻狗額頭上的白斑和灰色毛髮，認出是牠咬了希娃・瑪莉亞。然而，貝娜妲聽說之後並不擔心。沒什麼好擔心：傷口已經結痂，沒留下任何撕裂傷痕跡。

十二月一開始天氣就不好，但很快地午後恢復寧靜，夜間吹拂美妙的微風。這一年的耶誕節要比往年充滿歡樂，因為西班牙傳來好消息。但是城市已經不同以往。販售黑奴的市場轉往哈瓦納，殖民地的礦場和農場主人寧願用較低的價格，透過走私從英屬安地斯山地區購買他們要的人力。因此，這座城市擁有兩種面貌：西班牙大帆船停泊在港口的六個月期間，是一座歡樂和擁擠的城市，一年中的其他時間，則是等待著下一次帆船抵港的昏沉沉城市。

後來沒再傳出有人遭咬事件，一直到一月初有個四處遊蕩的印第安婦女，她的名字叫莎谷塔，她在神聖的午覺時間敲下侯爵家的門。她的年紀很大，拄著白堅木拐杖，光腳在豔陽底下走著，全身裹著一條白色被單。她替人修補處女膜和墮胎，因而惡名遠播，不過她熟知印地安人治療絕症患者的秘密，因此替她挽回了名聲。

侯爵不太甘願地接待她，他站在門廳，花了一點時間才搞清楚她的來意，這個女人十分謹慎，說話拐彎抹角。她兜了那麼多圈，經過一圈又一圈才點到重點，讓侯爵失去了耐心。

「不管您想說什麼，請有話直說。」他對她說。

「我們正面臨狂犬病瘟疫的威脅。」莎谷塔說。「我是唯一握有聖修伯特之鑰的人，他是獵人守護神也是狂犬病患的治療師。」

「我不懂為什麼有瘟疫。」侯爵說。「既沒有彗星也沒有日蝕的消息，根據我所知，我們並沒有犯下什麼滔天大錯，讓上帝來懲罰我們。」

莎谷塔告訴他三月將出現日全蝕，並詳細描述十二月第一個禮拜日遭狗咬傷的病患的消息。其中兩個失蹤，一定是家人把他們藏起來打算施以巫術；第三個在一週後死於狂犬病；第四個沒有遭咬傷，不過稍稍被飛沫噴到，目前正在天父之愛醫院垂死掙扎。這一個月來，大司法官下令毒死上百隻流浪狗。再過一個禮拜，街上再也看不到一隻活生生的狗。

「不管如何，我不懂這一切跟我有什麼關係。」侯爵說。「而且是在這樣不恰當的時間。」

「您的千金是遭狗咬傷的第一個人。」莎谷塔說。

侯爵信誓旦旦地對她說：

「如果這是事實，我應該會第一個知道。」

他相信女兒身體無恙，他認為女兒若遇到這麼嚴重的事，他不可能不知道。因此，他結束接待，繼續睡完午覺。

然而，這天下午他到僕人的院子去找希娃・瑪莉亞。她正在幫忙給兔子砍頭，她的一張臉塗得烏黑，打赤腳，纏著女奴使用的紅色頭巾。他問女兒是不是真的被狗咬，她毫不猶豫地否認。但是當晚貝娜妲跟他確認這件事。侯爵一頭霧水，於是問：

「那希娃為什麼否認？」

「因為那個孩子就算一時粗心，也不會說真話。」

「但是那條狗有狂犬病。」侯爵說。「總得要做些什麼吧。」

「不用。」貝娜妲說。「那隻狗咬了她，活該去死。那是十二月的事，現在這個不要臉的小鬼還活蹦亂跳。」

他們繼續關注越來越多有關這種病有多嚴重的傳言，他們不得不再次討論他們覺得沒什麼大不了的事，彷彿回到還沒那麼厭惡彼此的時光。他很清楚自己的想法。他一直以來都相信他愛女兒，但是他怕狂犬病，所以他承認為求心安一直欺騙自己。相反地，貝娜妲不曾有過這種疑問，她心知肚明自己不愛女兒，女兒也不愛她，她認為這兩件事很公平。他們不喜歡女兒的一點，是她的身上流著兩人的血液。然而，貝娜妲已準備好演出哭劇，為了維護她的名譽，她等著在守喪期間好好扮演哀痛的母親角色，但前提是女兒要死得有尊嚴。

「什麼死因都好。」她指出。「就是不能是狂犬病。」

就在這一刻，就像被一把大火照亮，侯爵明白自己人生的意義。

「女兒不會死。」他斬釘截鐵地說。「她如果非死不可，一定要是上帝的安排。」

禮拜二，他去位於聖拉薩羅丘陵的天父之愛醫院一趟，看看那位莎谷塔提到的狂犬病患。他沒發現他馬車上的喪葬縐紗看在旁人眼裡，替發生的不幸增添了不祥徵兆，多年來，他除了重大場合外，不再踏出家門一步，而從更多年前開始，他會參加的重大場合只剩不幸事件。

這座城市已陷在泥沼中好幾個世紀，不需要再多一個幽魂般的紳士，擺著一張憔悴的臉，睜著一雙迴避的目光，穿著塔夫綢喪服，搭乘馬車離開高牆築起的城區，穿越原野，往聖拉薩羅丘陵而去。醫院的紅磚地上躺著痲瘋病患，他們看見他踩著散發死亡氣息的大步伐進來，紛紛堵住他的路，向他乞求施捨。那位狂犬病患就被收容在無法克制暴怒的病患的樓閣裡，還被綁在一根柱子上。

他是個黑白混血老頭子，有一頭白髮，蓄著白鬍子。他半身癱瘓，但感染狂犬病之後，他還能動的另外半個身體力氣仍大得驚人，逼得大家不得不綁住他，防止他撞牆時把自己撞得粉身碎骨。他的敘述教人不容置疑，咬他的確實是咬了希娃．瑪莉亞的那條額頭有白斑的灰狗。其實他只是沾到狗的口水，但不是在健康的皮膚部位，而是罹患潰爛痼疾的小腿肚。侯爵聽完這一點，還是放不下心中的大石頭，他離開醫院，心中對那位病人瀕死的模樣感到害怕，對希娃．瑪莉亞不敢抱一絲希望。

他沿著山崖的濱海道路回到城內，途中他遇到一個相貌堂堂的男人坐在路邊的石頭上，一旁是他死去的馬。他下令停下馬車，男人站了起來，這時他才認出他是亞雷魯西歐．德．沙佩雷拉．卡沃，城內名聲最響亮也最具爭議性的醫生。他簡直跟塔羅牌上的權杖國王長得一模一樣。他頭戴一頂遮陽寬邊帽，腳踩登山靴，一副自由奴隸的黑斗篷打扮。他用有些不太尋常的禮數向侯爵打招呼。

「歡迎您以真理之名到來。」他用拉丁文說。

他的馬小跑步上了坡，卻禁不住下坡的山路，心臟爆裂開了。侯爵的車夫聶杜諾想替他卸下馬鞍。馬主人勸阻他。

「我沒有馬可騎，不需要馬鞍了。」他說。「就留在這裡跟馬一起腐爛吧。」

他有著孩子般胖乎乎的身軀，車夫得幫他爬上馬車，侯爵特別禮遇他，請他坐在他的右側。亞雷魯西歐還想著他的馬。

「這就像我的整個人已死去了一半。」他嘆氣。

「馬死了並不是什麼大不了的事。」侯爵說。

亞雷魯西歐鼓起了勇氣。「這匹馬與眾不同。」他說。「如果我有辦法，一定會把牠葬在神聖的地方。」他看著侯爵，等他的反應，最後他說：

「牠十月滿一百歲。」

「馬不可能這麼長壽。」侯爵說。

「我有辦法證明。」醫生說。

亞雷魯西歐每個禮拜二會到天父之愛醫院工作，幫助罹患其他疾病的痲瘋病患。他是胡安·門德茲·涅托醫生的得意門生，這位醫生也是葡萄牙猶太人，在西班牙遭到迫害後來到加勒比海。他繼承他的老師使用巫術和毀謗他人的惡名，但是大家都認同他的學識。他跟其他醫生糾紛不斷，經常鬧到頭破血流，因為他們無法容忍他不可思議的醫術和怪異的療法。他發明一種藥丸，一年服用一次可以增進健康和延年益壽，可是服用後的前三天頭腦會產生錯亂，因此只有他自己敢冒險試藥。從前他常在病患的床頭彈奏豎琴，用一些特別譜奏的音樂來安撫他們。他不開刀，他認為外科手術是像學究和理髮師等級的低等技能，他驚人的本領是預言病患他們臨終的日期和時間。然而，他的盛名和污名都建立在同樣的一件事上：據說他曾讓人死而復生，至今還沒人釐清到底真相為何。

儘管身經百戰，亞雷魯西歐對那位狂犬病患的狀況，依舊心驚膽戰。他說：「人的身體被創造出來，卻不一定能活到可以活的歲數。」侯爵仔細聆聽他詳細而生動的論述，一直等到醫生已經無話可講時才開口。

「能為那個可憐的男人做點什麼嗎？」他問。

「殺掉他。」亞雷魯西歐說。

侯爵吃驚地看著他。

「我們是善良的基督教徒，這是我們起碼能做的。」醫生面不改色地繼續說。「大人，別驚訝：善良的基督教徒比想像的還要多。」

事實上，他指的是有各種膚色、分布在城郊社區或鄉下的、窮苦的基督教徒，他們能狠下心在飯菜下毒，除掉身邊染上狂犬病的人，不讓他們受盡折磨到最末期。上個世紀末，曾有個家庭一家大小都喝下毒湯，因為沒人有勇氣只毒死一個五歲的孩子。

「大家都以為我們醫生對這種事一無所知。」亞雷魯西歐下結論。「事實並非如此，只是我們在道德面不能支持。我們處理這類瀕死病患時，反而是用剛剛您看到的方式。我們把他們託付給聖修伯特，將他們綁在柱子上，讓他們拖得更久，死得更淒慘。」

「沒有其他辦法嗎？」侯爵問。

「狂犬病發作幾次後，就無藥可醫了。」醫生說。他談到，有一些論點樂觀認為這種病是一種可治之症，只要根據幾種處方：地錢門、辰砂、麝香、水銀、紫花琉璃繁縷。「也就是沼繁縷。」他說。「問題是有人的狂犬病會發作，有人不會，當然可以很輕鬆地說，沒發作的人是服用了處方。」他望向侯爵的眼睛，確認他還清醒，便結束話題：

「您怎麼這麼感興趣？」

「因為覺得同情。」侯爵撒謊。

這時是煩悶的下午四點，侯爵凝視車窗外彷彿昏睡的大海，他發現燕子回來了，頓時感到胸悶。微風還沒吹起。一群孩子正在丟擲石塊，捕獵在濕軟的沙灘上迷路的北方塘鵝，侯爵看著牠展開翅膀逃開，身影消失在這座堅固的城市發亮的穹頂之間。

馬車穿越半月地城門，進入城內，亞雷魯西歐指引車夫經過外圍鬧烘烘的工匠社區，抵達他家。這可不容易。聶杜諾已經七十幾歲，他個性優柔寡斷，又有近視，他只走習慣的路線，而且馬比他更認得街道。當他們終於找到屋子在哪兒，亞雷魯西歐便在門口道別，送上賀拉斯的一句格言。

「我不懂拉丁文。」侯爵道歉。

「您不需要懂！」亞雷魯西歐說。當然，這句話他還是用拉丁語說出的。

侯爵對他印象太深刻，回到家之後，他首先做的是這輩子做過最怪異的事。他下令聶杜諾到聖拉薩羅丘陵去收拾馬屍，將牠埋在聖地，第二天一大早，他把馬廄裡最好的一匹駿馬送給亞雷魯西歐。

用銻丸清腸胃後，貝娜妲只得到短暫的輕鬆，接著，她一天三次使用安慰作用的灌腸劑來平息內臟的燥熱，或一天六次洗香皂和泡熱水澡來舒緩神經。這時她已經完全沒了當初新婚的模樣，想當時她有做生意的頭腦，有遠見，還有執行的決心，功成業就，直到那個不幸的下午，她認識了胡達士·伊斯卡由德，從此厄運連連。

她是在一場鬥牛節慶偶然遇見他，那時他幾乎赤身裸體，在沒有任何保護下，赤手空拳對付一頭牛。他是如此俊美和膽大，叫人一眼難忘。幾天後，她在一場昆比亞嘉年華會再一次看見他，她戴著面具打扮成叫化子參加，家中的女奴穿戴項鍊手環以及黃金和寶石耳環，假扮成女爵圍繞在她身邊。胡達士在一群好奇圍觀的群眾中央，跟付錢給他的女人跳舞，現場還有人幫忙維持秩序，安撫焦急想跟他跳舞的女人。貝娜妲問他費用多少。胡達士一邊跳舞一邊回答：

「半個里亞爾銀幣。」

貝娜妲摘下面具。

「我是問買下你一輩子要花多少。」她對他說。

胡達士看到了藏在面具背後的面容並不那麼像叫化子。他放開他的舞伴，帶著一種水手的傲慢靠近她，要她注意他的身價不凡。

「五百個披索金幣。」他說。

她像個估價員，以精明的目光打量著他。他體型高大，皮膚像海豹一樣光滑，身材線條完美，臀部狹窄，雙腿瘦長，那柔軟的雙手讓人猜不出他從事的職業。貝娜妲估算完畢：

「你六呎高。」

「再多個三吋。」他說。

貝娜妲要他低下頭，好讓她檢查牙齒，卻聞到他腋下飄散的刺鼻阿摩尼亞氣味，感到心蕩神迷。他有一口完整、健康和整齊的牙齒。

「你的主人如果以為有人肯用一匹馬的價格買下你，應該是瘋了。」貝娜妲說。

「我是自由之身，是我出售自己。」他回答。接著他換個口氣補上：「夫人。」

「是女侯爵。」她說。

他向她行了個宮廷禮，差點奪去她的呼吸，最後她以他開價的一半買下他。她說：「這都因為他看起來賞心悅目。」另一方面，她會尊重他的自由，和他繼續在馬戲團鬥牛的工作時間。她安排他住在她房間附近一間從前是馬伕的房間，她從第一晚就開始等他，她沒鎖門，脫得一絲不掛，相信他一定不請自來。但是她空等了兩個禮拜，全身發燙難耐，無法安穩入睡。

事實上，當他一知道她是誰，看過屋子裡面，立刻保持一個奴隸該有的距離。然而，當貝娜妲放棄等他，拉上門栓，穿上襯裙睡覺，他卻從窗戶溜進來。她醒了過來，因為房內空氣變得稀薄，充滿他阿摩尼亞的汗臭味。她感覺到他像是米諾陶洛斯的噴氣，他摸黑尋找著她，滾燙的身軀來到她的上方，那雙手恍若猛禽的利爪把她的襯裙從脖子撕開，他在她耳邊粗聲叫著：「婊子，婊子。」將她的身體撕裂成兩半。從這一晚開始，貝娜妲知道她這輩子再也無心做其他事。

她為他瘋狂。他們夜晚一起去外圍社區的油燈舞會，他打扮成紳士，穿上貝娜妲依她的喜好購買的一件大禮服和圓頂禮帽，她自己則是什麼角色都演過之後，乾脆以真面目出現。她把他打扮得金光閃閃，讓他穿戴項鍊、戒指和手環，要他在牙齒鑲鑽石。當她發現他跟所有他在路上遇到的女人都睡過，差點兒暈死過去，但最後她忍下來。某天朵蜜嘉在午覺時間踏進她的房間，她以為貝娜妲去了磨坊工作，卻撞見他們倆赤條條地在地板上歡愛，嚇了一跳。女奴的手擱在門環上，倒不是目瞪口呆而是一臉茫然。

「別站在那裡像個死人。」貝娜妲對她咆哮。「妳要不離開，要不過來跟我們一起翻滾。」

朵蜜嘉大聲甩上門離去，那聲音聽在貝娜妲耳裡就像一記耳光。當晚，她把女奴叫來，威脅她要是膽敢洩漏她看到的東西，殘酷的處罰就會降臨。「不用擔心，主人。」女奴說。「您要怎麼禁止都可以，我都聽。」最後她下結論：

「可是糟糕的是，您不能禁止我怎麼想。」

侯爵知情，但他裝聾作啞。總之，他跟妻子唯一的交集只有希娃．瑪莉亞，他沒把她當作他的女兒，而是認作是她的女兒。至於貝娜妲壓根兒沒想過這件事。她根本忘了有個女兒存在，有一回她在磨坊待了很長一段時日後返家，竟把女兒錯認成其他人，因為她已經初長成，模樣有所不同。她叫來女兒，檢視她，問她的日常生活，但是無法從她嘴巴挖出一個字。

「妳跟妳老子一模一樣。」她對女兒說。「就是個怪胎。」

侯爵從天父之愛醫院回來的那天，他們倆的態度基本上還是跟之前一樣，他向貝娜妲宣布他決定要用強硬的手段掌管整個家。他的焦急隱含一種狂熱，令貝娜妲不敢反駁。

他做的第一件事是把女侯爵祖母的房間還給女兒，當初貝娜妲把她趕出那裡，要她去跟奴隸睡在一起。臥室滿是灰塵，不過不減昔日的富麗堂皇：華美的床鋪，那發亮的黃銅一直被奴僕當作是黃金；新娘紗蚊帳，華麗的鑲邊服飾，條紋大理石洗手臺，上面擺著無數個香水瓶，化妝檯上井然有序地陳列化妝用品；手提尿壺、痰盂和嘔吐瓷盆，這位罹患風濕病而癱瘓的老婦人曾夢想把這樣的夢幻天地，交給她從未有過的女兒跟無緣見上一面的孫女。

趁著女奴整理房間，侯爵忙著訂下家規。他嚇跑在拱門下陰涼處打盹兒的奴隸，拿起鞭子，並以牢房威脅，要他們退到角落去大小解，或去關閉的房間賭博。這些並不是新規定。侯爵只是搬出同一套來滿足自己：「在我家，得照我的規矩來。」當貝娜妲當家，朵蜜嘉負責執行時，他們比較認真遵守，然而此刻貝娜妲身陷情慾泥沼，朵蜜嘉死了，所有奴隸悄悄地盤據屋子各個角落，首先女人帶著她們的孩子做家務雜事，不久無所事事的男人溜到走廊上乘涼。貝娜妲見到這幅廢墟般的景象，萬分驚恐，便差他們到街上行乞餬口。她在一次發脾氣時，決定解放他們，只留三、四個幫忙家務，可是侯爵拿出莫名的理由反對：

「如果他們得餓死，死在這裡要比死在陌生的地方好。」

希娃．瑪莉亞遭狗咬後，他覺得家裡規定的太簡單。他找來他認為比較有影響力和信得過的奴隸，賦予他權力，發給他指示，但是貝娜妲對那太過嚴苛的指示氣憤不已。第一晚，當這座屋子終於在朵蜜嘉死後第一次恢復秩序，他在女奴住的小木屋找到混在六個年輕女黑奴之間的希娃．瑪莉亞，她們睡在高低交錯的吊床上。他叫醒大家，向她們頒布新當家的規定。

「從今天開始，小姐會住在屋裡。」他對她們說。「聽清楚，她在這裡只有一個家，一個白人的家。」

他想抱著女兒到她的房間，不料遭到反抗，他不得不讓她明白這個天地已經由男人的秩序來接管。到了祖母的房間後，他換掉女兒穿的女奴的亞麻粗布裙，讓她穿上睡衣，但依然無法讓她開口說一句話。貝娜妲站在門口看著他們：侯爵坐在床上，和那件睡衣的釦子努力奮戰，釦子塞不進新的鈕釦眼，女兒站在他的面前，面無表情看著他。最後貝娜妲按捺不住了。「你們為什麼不結婚算了？」她嘲弄。不過侯爵不理她，所以她又繼續說：

「生一堆長雞爪的小女侯爵賣到馬戲團，應該是不賴的買賣。」

她也變得有點不一樣了。她的笑容雖然一樣猙獰，表情卻不再那麼苦澀。侯爵沒有發現，她的惡毒深處沉澱了一層憐憫。侯爵感覺她走遠以後，開口對女兒說：

「她是隻沒教養的豬。」

他彷彿看到女兒臉上掠過一絲好奇。「妳知道豬是什麼嗎？」他問，希望聽到回答。希娃．瑪莉亞還是沒吭半聲。她倒在床上，頭擱在羽毛枕上，拉上沾染香柏木箱氣味的針織被單到膝蓋部位，連溫柔的目光也不肯施捨給他。他猛然想起：

「妳習慣睡前禱告？」

女兒連看都不看他一眼。她蜷縮成睡吊床時習慣的胎兒姿勢，沒有道聲晚安就墜入夢鄉。侯爵小心翼翼地放下蚊帳，以免蝙蝠趁她睡著時吸血。這時快十點了，家中的女奴不捨那些遭解放後逐出屋外的奴隸，發瘋似地發出令人難以忍受的哀鳴。

侯爵鬆開獒犬，牠們爭先恐後奔向祖母的房間，急迫地嗅聞門縫。侯爵伸出手指搔搔牠們的頭，吐出好消息安撫牠們：

「那是希娃，從今晚開始她會跟我們住在一起。」

那些瘋女奴哭喊到凌晨兩點，他因此睡不多也睡不好。公雞初啼幾聲後，他醒過來，第一件做的事是去女兒房間，但是她已不在那裡，而是溜到女奴住的小木屋。睡在最外邊的女奴驚醒過來。

「大人，她是自己來的。」她在他還沒開口問之前先解釋。「我根本沒發現。」

侯爵知道她說的是實話。他問希娃·瑪莉亞遭狗咬的時候，是誰陪著她。她怕得直打顫，承認就是她，她是這裡唯一的黑白混血女奴，名叫凱莉妲·寇布雷。侯爵要她別緊張。

「由妳來接朵蜜嘉的工作，負責照顧她。」他對她說。

他向她解釋她的工作內容。他提醒她視線不能離開小姐片刻，要以溫柔和體諒的心對待她，但是不要縱容她。最重要的是不可以跨過荊棘圍籬，他會派人築起這道圍籬，隔開奴隸的院子和屋子其他地方。早上起床後和晚上睡覺前，她得仔細報告，不要等到他來問。

「仔細注意妳得做什麼，還有該怎麼做。」他總結。「我的這些命令全交給妳完成了。」

早上七點，侯爵把狗關進籠子後，前往亞雷魯西歐的家。醫生親自給他開門，因為他沒有奴隸或奴僕。侯爵於是責怪自己。

「現在真不是拜訪的好時間。」

醫生剛收到馬匹，他心存感激，真心迎接他。他帶著他到院子一間棚子前，這裡從前是鐵舖，現在只剩下殘破的鍛爐。兩歲的棕馬似乎焦躁不安，跟平常討人喜愛的模樣不同。亞雷魯西歐輕輕拍牠的面頰，用拉丁文在牠耳邊隨便低喃幾句承諾。

侯爵告訴他，他已叫人把馬屍埋在天父之愛醫院舊時的果園裡，那裡在瘟疫爆發時期是富人的墓園。亞雷魯西歐感謝他幫了一個大忙。當他們講話時，他發現侯爵站得遠遠的。侯爵老實說他從來不敢騎馬。

「我非常怕馬，也很怕母雞。」他說。

「真可惜，人類就是不跟馬溝通，才不再進步。」亞雷魯西歐說。「我們要是真的能打破跟牠們的溝通障礙，可能會造出半人馬吧。」

屋內相當明亮，有兩扇窗戶，窗外是廣闊的大海，環境乾淨整潔，透露了無可救藥的單身漢是多麼過於注重細節。空氣中彌漫的膏藥香氣，很容易就誘使人相信醫藥的效用。裡面有張整齊的辦公桌，一個玻璃櫃，裡面擺滿貼上拉丁文標籤的瓷藥罐。其中一個角落，放著一座醫療用的豎琴，上面覆蓋一層金粉。最引人注目的是書，有許多拉丁文書籍，書脊的裝飾華麗精美。書本擺在玻璃櫃裡和開放的架子上，或非常仔細地放在地上，醫生走在紙堆之間的窄道，彷彿犀牛穿梭玫瑰叢般輕鬆自在。這樣的數量讓侯爵吃驚得下巴快掉下來。

「所有的知識應該都在這個房間裡了吧。」他說。

「這些書根本沒什麼用處。」亞雷魯西歐愉快地說。「我的時光都花在治療其他醫生開的藥物引起的疾病。」

他趕走在高背椅上酣睡的貓兒，請侯爵坐下來。那是他養的貓。他給侯爵倒一杯他用煉金爐親自提煉的藥草茶，聊他的治病經驗，最後他注意到侯爵失去興趣。因為侯爵突然站起來，轉過身凝視窗外孤單的大海。終於，他背對了一陣子之後，找到了重新開口的勇氣。

「醫生。」他低聲喊。

亞雷魯西歐沒料到他會叫他。

「怎麼了？」

「請容我提醒您醫療保密非常重要，我要承認外面傳的是真的。那條瘋狗也咬了我的女兒。」侯爵用慎重的語氣說。

他看向醫生，發現他很平靜。

「我早就知道了。」醫生說。「我猜，您是為了這個原因一大早到這裡來。」

「沒錯。」侯爵說。接著他問了在醫院時也問過的，該怎麼處置那位狂犬病患的同樣問題：「我們能怎麼辦？」

亞雷魯西歐沒像之前一樣倉促回答，而是請求替希娃．瑪莉亞看診。這正合侯爵的意。就這樣，他們兩個都同意了，馬車在門口等他們。

當他們抵達家裡，侯爵發現貝娜妲坐在梳妝臺前打扮，一如她還能賣弄風情的遙遠的那些年月，他早在他們最後一次歡愛後，刪去那些年的記憶。滿室都是她的香皀春天氣息的清香。她從鏡子看見丈夫的身影，便開口對他說話，不過口氣不會太酸：「我們是誰啊？怎麼會送馬？」侯爵避而不答。他從凌亂床鋪上拿起日常長袍，丟到貝娜妲身上，毫不客氣地命令她：

「穿上，醫生來了。」

「願上天佑我。」她說。

「不是來替妳看病，雖然妳也非常需要治療。」他說。「是來給女兒看病的。」

「沒用的。」她說。「她不是死就是不會死：沒有其他可能。」可是她難耐好奇：「他是誰？」

「亞雷魯西歐。」侯爵說。

貝娜妲相當震驚。她寧願這樣赤裸孤單死去，也不願意把名譽交給一個虛偽的猶太人。他曾是她娘家的醫生，最後遭拒絕往來，因為他會洩漏病人的病況來頌揚自己的醫術。侯爵站到她面前。

「就算妳不想這樣，我更不想這樣，妳依然是孩子的母親。」他說。「因為這個神聖的權利，我請求妳相信這次的治療。」

「你們想做什麼，儘管去做。」貝娜妲說。「就當我死了。」

出乎意料，小女孩毫不扭捏，接受醫生對她的身體縝密的探索，那好奇的模樣像是在觀看發條玩具。「我們醫生是用兩隻手來看東西。」亞雷魯西歐對她說。小女孩覺得開心，終於第一次展露笑顏。

她看起來健康無恙，儘管瘦弱，身體卻相當勻稱，皮膚覆蓋一層幾乎看不見的金色毛髮，整個人猶如一朵即將綻放的蓓蕾。她有一口完美的牙齒，能洞悉事物的眼睛，總是踩著從容步伐的腳，靈巧的手，每一綹髮絲都能顯示她將會活得很久。她神采奕奕，應付一連串狡詐問題駕輕就熟，非常了解她的人會知道她的回答沒有半句是真的。後來醫生發現她腳踝上不起眼的疤痕，她才開始緊張。亞雷魯西歐趁勢追擊：

「妳跌倒嗎？」

小女孩眼眨也不眨地肯定說：

「從鞦韆摔下來。」

醫生開始用拉丁語喃喃自語。侯爵阻止他。

「請說西班牙語。」

「我不是跟您說話。」亞雷魯西歐說。「我是用拉丁語低聲思考。」

希娃・瑪莉亞喜歡亞雷魯西歐的小遊戲，最後醫生把耳朵貼在她的胸口聽診。她的心噗通噗通跳，皮膚滲出薄薄一層冰涼的汗水，隱約散發一股刺鼻的洋蔥味。聽診完，醫生溫柔地拍一下她的臉頰。

「妳非常勇敢。」他對她說。

他等到跟侯爵獨處時，告訴他小女孩知道那隻狗有狂犬病。侯爵一頭霧水。

「她對您說了很多謊。」他說。「但是並沒提到這件事。」

「大人，不是她說的。」醫生說。「是她的心臟告訴我的：那就像一隻被關在籠子裡的小青蛙的心跳聲。」

侯爵花了點時間細數女兒說過的令人吃驚的謊話，他非但沒有不開心，反而有種身為父親的驕傲。「或許她會變成詩人。」他說。亞雷魯西歐並不認為謊言是藝術的必備條件。

「文字越透明，會越像詩。」他說。

他唯一想不透的是小女孩的汗水怎麼有股刺鼻的洋蔥味。由於他不清楚哪些氣味跟狂犬病有關聯，所以他把這一點拋到腦後，不當那是任何可能的症狀。後來凱莉妲告訴侯爵，希娃．瑪莉亞偷偷接受奴隸的治療，他們給她嚼藤黃泥，脫光她的衣服，把她關在儲存洋蔥的地窖，袪除瘋狗的妖術。

亞雷魯西歐並沒有對狂犬病的細節避重就輕。他說：「傷口越深，越靠近大腦，初期的發作也就越猛烈。」他想起他有個病例，病人是五年後才死，但疑問是這個人是不是後來得到什麼傳染病，卻沒有發現。迅速結痂並不意味什麼：一段無法預料的時間過後，疤痕可能會腫脹、裂開，然後化膿。由於垂死掙扎的情況太過駭人，活著反而不如死了好。到了這個時刻，唯一正當的舉動可能只有求助天父之愛醫院，那裡有幾個塞內加爾人，他們善於處理發狂和中邪的人。若不求助醫院，侯爵就得親自用鏈條將女兒拴在床上，直到她嚥下最後一口氣為止。

「在人類悠久的歷史上，」他總結。「沒有任何狂犬病患能活著以過來人經驗談這種病。」

侯爵決定，不管有多沉重，沒有扛不起的十字架。因此，女兒會死在家裡。醫生瞥了他一眼，目光流露的憐憫多過於尊敬。

「大人，您相當偉大。」他對他說。「我相信您堅強的靈魂一定承受得住這種打擊。」

他再一次強調無需大驚小怪。那個傷口離最危險的部位很遠，而且沒有人記得是否曾流血。希娃·瑪莉亞很可能沒感染狂犬病。

「現在該怎麼辦呢？」侯爵問。

「現在，」亞雷魯西歐說。「演奏音樂給她聽，在家裡擺滿鮮花，讓鳥兒鳴唱，帶她到海上欣賞黃昏。給她所有能讓她快樂的事。」他拿起帽子在空中一揮，吐出一句拉丁格言，接著告別。但這一次他替侯爵翻譯出來：

「幸福治不了的病無藥可醫。」

2

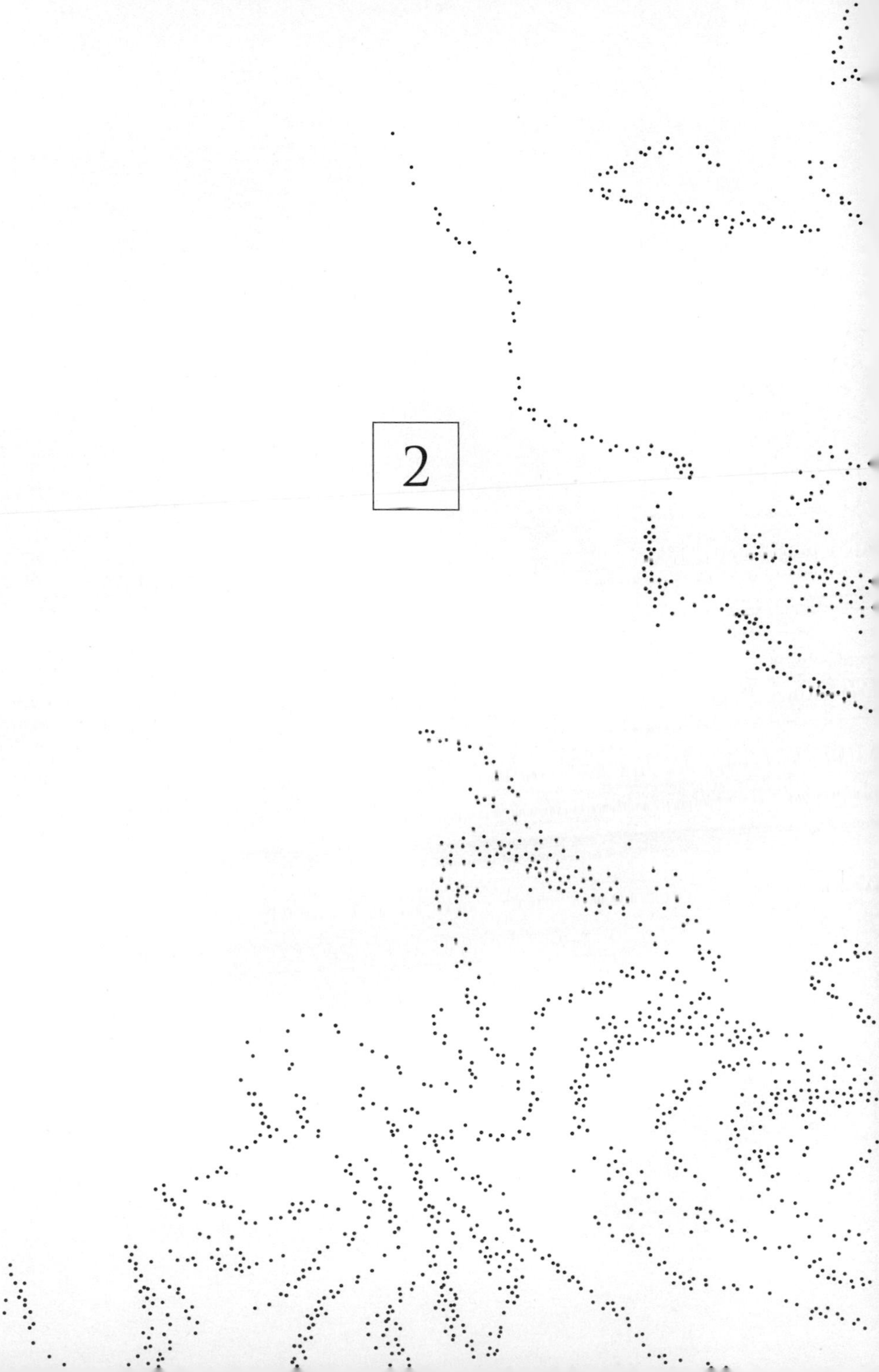

侯爵為什麼淪為這麼懶散，又或者他明明能選擇平靜的鰥夫生活，卻願意維持一段那麼不和樂的婚姻，恐怕永遠無從知道原因。他的父親是第一任侯爵，他大可從他顯赫的威勢得到庇蔭，當自己想當的人；他的父親又被稱為聖地牙哥騎士團騎士，不但是操有生殺大權的黑奴販子，也是冷酷無情的騎士團首領，他的主子國王毫不吝嗇賜予榮耀和俸祿，對他的不公正行為通常睜一隻眼閉一隻眼。

他的獨生子伊那西歐沒有一點乃父之風。他在成長過程有些心智遲緩的跡象，他不識字，到了適婚年齡，還沒有中意的對象。他真正展開人生是在二十歲那年，當時他終於墜入愛河，打算迎娶聖牧羊女瘋人院的一名女病患，他童年時就是聽著那些病患的歌聲和尖叫聲酣然入夢。他的對象名叫杜樂絲·奧利維亞。她來自國王的一個馬具匠家族，身為獨生女，她不得不學習製作馬鞍，以免將近兩個世紀的家傳手藝隨著她失傳。她後來發瘋，人們歸因於她得承受異樣眼光進入這項男人的行業，她瘋狂的程度，連教她不能吃身上的虱子，都要費好大的工夫。除此之外，她對一個資質駑鈍的土生白人侯爵來說是個不錯的對象。

杜樂絲．奧利維亞鬼靈精怪，個性善良，要發現她是個瘋子不容易。少年伊那西歐第一眼看到她，就能從廣場上駢肩雜遝的人群辨出她的身影，同一天，他們就靠比畫手勢了解彼此。她是摺紙高手，以紙鴿子傳送信息給他。他為了跟她通信，從此學會讀寫，一段沒人願意了解的正當戀情於是展開。第一任侯爵相當生氣，他威脅兒子公開否認這段戀情。

「這是事實。」伊那西歐反駁他。「而且她答應我可以向她求婚。」

至於她是個瘋子這一點，他以自己的意見來回答：

「人只要接受自己的論據，那麼瘋子就不算是瘋子。」

父親一聲令下，拿出兒子不願行使的主子威嚴，把他放逐到牧場。這形同判他已死。伊那西歐害怕動物，不過還能忍受母雞。然而，他在牧場貼近觀察一隻母雞後，把牠想像成母牛那樣大的體型，他發現，這種家畜是水陸最恐怖的鬼怪。入夜後，牧場籠罩著鬼魅般的靜謐，他在漆黑裡直冒冷汗，在凌晨時分喘不過氣而驚醒。比起其他危險，他更怕那隻盤據在他寢室前，目不轉睛地看守的獒犬。他說：「活著，讓我害怕活著。」他在放逐期間性格轉為陰沉，行事謹慎，習慣沉思，舉止散漫，講起話來慢吞吞，而且他的低調神秘，似乎注定他遁世的命運。

放逐的第一年，有一次他在大半夜驚醒，聽到一種像是河流漲潮的巨響，那是動物離開了牧場，牠們頂著一輪明月，安靜地穿越原野。牠們往前直行，走過牧草地和甘蔗園，越過溝壑和沼澤，推倒路上所有的障礙物，沒有發出任何聲響。走在前面的是大型牲畜，以及載貨或供坐的騾、馬，跟在後面是豬、綿羊和家禽，一條幽靈般的隊伍，隱沒在黑夜中。連長途飛行的鳥兒甚至鴿子都一樣徒步前進。只有清晨從睡夢醒過來的獒犬，還待在主人的臥室前。於是，侯爵跟這隻和之後養的許多獒犬，展開了一段近乎人類的友誼。

少年伊那西歐敵不過待在荒涼的牧場的恐懼。他放棄了他的愛情，聽從父親的安排。他的父親不只要兒子犧牲愛情，還在遺囑立條款，強迫他娶一位西班牙大公的女繼承人。就這樣，他辦了一場熱鬧的婚禮迎娶歐拉亞·

德·門多薩，她是個絕色美女，擁有好幾種出色的才能，然而他不肯碰她，連生兒育女的恩惠都不肯施捨給她。此外，他依舊過著他從呱呱墜地以來一直不變的生活：沒用的單身王老五生活。

歐拉亞·德·門多薩夫人帶著他回到世間。他們一起參加大禮彌撒，不過倒不是為了盡教徒的義務，而是要展現給大家看，她穿著一襲百褶裙，披著閃亮的斗篷，以及卡斯蒂利亞白人婦女使用的上漿蕾絲頭巾，帶著一群穿戴黃金首飾和絲質服飾的女奴。她不穿連最矯揉造作的婦女上教堂都穿的家居軟底拖鞋，而是一雙山羊皮高筒靴，鞋帶上還墜著裝飾的珍珠。侯爵不追隨多數貴族戴過時的假髮和使用綠寶石鈕釦，只穿棉布衫和戴軟帽。然而，他總是抱著不得已的心情參加公開活動，因為他從沒克服對社交生活的恐懼。

歐拉亞夫人曾是多明尼哥·史卡拉第定居在塞哥維亞城期間的學生，以優異成績畢業，獲得到學校和修道院教授音樂和歌唱的資格。她從那座城市來的時候，帶來了一臺散裝的古鋼琴，再親自組裝，她還帶了幾件弦樂器，不但自己演奏，也發揮所長教人彈奏。她招收了一班女學生，屋子內的午後時光，有她們同在而變得神聖，充滿新的義大利、法國或西班牙風情，據說這個班的誕生是受到聖靈抒情詩的啟發。

侯爵對音樂似乎一竅不通。照法國人的說法就是，他有雙藝術家的手和砲兵的耳力。但自從打開樂器箱子的那天起，義大利大魯特琴開始吸引他的目光，因為這種樂器有稀奇的雙琴頭、寬廣的音域、多條琴絃，和清亮的樂音。歐拉亞夫人堅持要他彈得跟她一樣精湛。早晨他們在果園的樹下練琴消磨時光，她秉持著耐心與愛，他拿出石匠般的倔強，最後，兩人一同征服了牧歌。

音樂大大促進夫妻感情的和諧，給了歐拉亞夫人勇氣踏出還不敢踏出的一步。一個暴風雨來襲的夜晚，或許她裝出膽小害怕的模樣，前去尚未有肌膚之親的丈夫的臥室。

「我是這張床半邊位置的主人。」她對他說。「我要爭回屬於我的權利。」

他不願改變決定。她有把握說服他，不管是以理還是強迫，便繼續照著想法去做。十一月九日這天，空氣清新，萬里無雲，他們在橘子樹下二重奏，一道刺眼的閃電打下來，伴隨著讓他們心驚膽跳的一聲天搖地動轟鳴，歐拉亞夫人被電光擊中倒地。

城內彌漫恐慌氣氛，大家把這樁悲劇解讀成某種難以啟齒的罪過引起上天發怒。侯爵下令比照王后規格的葬禮安葬她，他在葬禮上第一次穿上黑色塔夫綢服飾，往後再也離不開這種陰鬱的顏色。從墓園返家時，他詫異地看到果園的橘子樹上覆蓋一層白色的紙鴿。他隨手摘下一個，打開來讀：

「我就是那道閃電。」

九日祭結束之前，他把繼承來的多數遺產捐贈給教堂：在蒙波斯和阿亞佩爾的兩座牧場，離這裡十一公里遠的馬阿特斯的兩千公頃土地，好幾群坐騎與馱運馬匹，一座農場和加勒比海地區最棒的磨坊。然而，大家對他的財富的想像來自一座無邊無際的閒置莊園，沒有人記得地界在哪裡，大約是越過了戈里帕沼澤和普雷薩窪地，直抵拉巴灣的濕地叢林。他只留下一棟豪華的大宅第，和人數減到最低的院子，以及馬阿特斯的磨坊。他把管理屋子的權力交給朵蜜嘉。他讓從第一任侯爵時代開始擔任車夫的老聶杜諾繼續他的工作，並由他來照顧馬棚裡僅剩的幾匹馬。

他第一次孤零零地待在這座父母留下來的陰森宅第時，幾乎不敢在漆黑中閉上眼睛睡覺，他的心底升起土生白人貴族與生俱來的恐懼，怕奴隸趁他睡覺時殺害他。他驚醒過來，根本不知道出現在天窗邊的一雙狂熱的眼睛到底屬於這個還是另一個世界。他躡手躡腳走到門邊，猛然開門，嚇跑了從鎖頭偷窺他的黑人。他感覺他們踩著猶如老虎的步伐奔過長廊，他們怕被人捉住，赤裸的身軀塗著一層椰子油。他不知該拿這樣多的恐懼怎麼辦，便下令屋內得點燈到破曉，他趕跑以蠶食鯨吞方式占據空間的奴隸，帶回第一批受過訓練的獒犬到家。

大門關上了。他清掉受潮發臭的天鵝絨法國家具，賣掉戈布蘭壁毯和瓷器以及大師級鐘錶工藝品，他只要有牛蒡吊床，躲在搬空的臥室裡消暑解熱，就覺得開心了。侯爵不再去彌撒或靜修，不再披戴遊行用的聖餐禮大披肩、舉辦節慶活動或遵守四旬齋，只剩下準時捐稅給教堂。他窩在吊床上，幾乎都在果園的橘子樹下睡午覺，若是遇上讓人昏昏欲睡的八月天，就換到寢室。那些瘋女人會朝他丟擲廚餘，用溫柔的語氣對他大聲說出猥褻的話，不過他對她們心存感激，拒絕政府好意幫忙遷走瘋人院。

杜樂絲．奧利維亞被追求者的冷漠傷透心，只好編些不曾有過的回憶來安慰自己。她只要逮到機會，就從果園籬笆的缺口溜出聖牧羊女瘋人院。她拿愛心食物收買獒犬，犧牲睡眠時間照顧這棟從不屬於她的宅第，拿羅勒掃把打掃屋內，祈求帶來好運，在寢室裡面掛一串串的大蒜驅趕蚊子。朵蜜嘉是個大小事都一把抓的人，她到嚥下最後一口氣那刻，還是沒發現為什麼長廊天亮後比起天黑前乾淨，整理好的物品天亮後會換位置。侯爵當鰥夫滿一年之際，第一次在廚房撞見杜樂絲．奧利維亞，嚇了一大跳，她正刷洗她覺得女奴沒好好保養的器具。

「我不知道妳這麼大膽。」他對她說。

「因為你還是那個可憐的好人。」她回答他。

就這樣，這段曾那樣接近愛情的友誼，在遭到阻止後死灰復燃。他們聊天聊到天明，不帶幻想，沒有怨恨，就像一對習於日常生活的老夫妻。他們相信兩人都很快樂，或許他們真的快樂，直到其中一人多說一句或退縮一步，最後兩人在這一晚狠狠吵了一架，獒犬目睹這一幕，個個垂頭喪氣。一切回到原點，杜樂絲・奧利維亞不再出現在屋裡，消失很長一段時間。

侯爵告訴她，他鄙棄人間的財富，他的性格驟變，不是基於對宗教的虔誠，而是恐懼，因為他目睹妻子被閃電擊中化成焦炭那一刻，突然喪失信仰。杜樂絲・奧利維亞想安撫慰他。她保證會當個百依百順的女奴，不管是在廚房還是在床上。他卻不心動。

「我再也不結婚。」他向她發誓。

然而一年不到，他偷偷迎娶貝娜妲・卡布列拉，也就是他父親昔日工頭的女兒，後來這個工頭從事進口生意。他們會認識，是因為她的父親託她送鹹醃鯡魚和黑橄欖來他家，這些東西曾經是歐拉亞夫人的最愛，夫人過世後，他繼續送貨給侯爵。有一天下午，貝娜妲在果園的吊床上找到他，便給他讀他左手掌的命運線。侯爵忘不了她的算命，即使不買東西，依舊叫她午覺時間過來，兩個月過去了，他們一直沒有進一步發展。因此，她幫他跨出那一步。她爬上吊床突襲他，跨坐在他身上，掀起他長袍的衣襬捂住他的嘴巴，搾乾他的精力。她重新點燃他的熱情，教他認識除了孤單的自慰外，另一種從未想像過的境界，輕鬆奪去他的童子身。他已經五十二歲，她只有二十三歲，不過年齡的差距並不打緊。

他們飢渴難耐，就在橘子樹涼蔭的庇護下，繼續在午覺時間狠狠地享受肉體歡愉。那些瘋女人在露臺唱歌慫恿他們，像是在競技場上鼓掌歡呼他們的勝利。貝娜妲趁侯爵發覺危機四伏之前，告訴他懷孕兩個月的消息，將他從神魂顛倒拉回現實。她提醒他，她沒有黑人血統，父親是講西班牙語的印第安人，母親是卡斯提亞白人，因此修補名譽的唯一辦法是明媒正娶。他對這件事推三阻四，直到她的父親斜揹一把古時的火繩槍，在午覺時間來叫門。他講話慢條斯理，動作輕柔，他沒正眼看侯爵，直接把武器交給他。

「侯爵大人，您知道這是什麼嗎？」他問他。

侯爵不曉得拿著這把武器要做什麼。

「據我所知，是一把火繩槍。」於是他非常好奇地問：「您用來做什麼的？」

「大人，這是我用來對付海盜的。」印第安男子說，他還是不正眼看他。「我帶槍上門，是希望您大發慈悲，趕在我下手殺您之前先殺我。」

這時男子直視他。他有雙哀傷沉默的小眼睛，但是侯爵明白他沒說出口的話。他把火繩槍還給男子，邀他進來慶祝兩方達成共識。兩天後，鄰近一座教堂的神父替他們主持婚禮，出席的有女方的父母跟男女雙方的教父母。結束後，莎谷塔不知道打從哪裡冒出來，給兩位新人戴上洋溢喜氣的花冠。

一個遲來的雨季清晨，在人馬星座下，希娃．瑪莉亞在母親懷孕七個月就不幸提早出生。她看起來就像隻灰暗的蝌蚪，脖子纏著臍帶，差點兒沒了氣。

「是女孩。」產婆說。「不過活不了。」

就在這一刻，朵蜜嘉向她的聖人發誓，若是這個小女嬰能得到恩典，好好地活下去，就絕不剪頭髮，直到新婚之夜。她一祈禱完畢，小女嬰就開始啼哭。朵蜜嘉開心地讚頌：「她將是個聖女！」侯爵看到女兒時，她已洗完澡也穿上衣服，卻說出一句最不經思索的話。

「她會是妓女。」他說。「如果上帝賜給她生命和健康的話。」

這個小女孩是貴族父親和平民母親生下的孩子，幼年卻過著猶如孤兒的生活。她的母親哺餵她那麼一次之後就恨她，不肯把她留在身邊，就怕自己殺死她。朵蜜嘉代為哺育，她讓小女嬰接受基督教受洗，又把她獻祭給歐洛昆，這是約魯巴族的神明，性別不明，長相駭人，因此總是戴著面具，而且只在夢裡現身。希娃．瑪莉亞住在奴隸的院子，會開口講話前先學會跳舞，同時學講三種非洲語言，齋戒期間飲用雞血，懂得如何無聲無息地出沒在基督徒之間，像是虛無的形體。朵蜜嘉在她身邊安排一群令人愉快的隨從，有黑女奴、麥士蒂索女僕、印第安童僕，她們給她洗有益健康的水，用耶瑪雅女神的馬鞭草替她淨化靈魂，把她的一頭如雲瀑般的頭髮當玫瑰花叢照顧，她五歲時已經留到及腰長度。女奴給她戴上不同神明的項鍊，慢慢地，累積到十六條。

侯爵在果園裡平靜度日，貝娜妲牢牢掌握屋內大權。她發憤去做的第一件事是重新累積丈夫散盡的第一任侯爵的財富。第一任侯爵曾拿到幾張八年可販售五千個奴隸的合約，條件是每販售一個奴隸要進口兩桶麵粉。她使出高明手腕，利用海關官員的貪腐，不僅售出合約上的麵粉，也賣掉了另外走私來的三千個奴隸，搖身變成那個世紀最走運的走私販。

貝娜妲認為，真正有油水的生意不是販售奴隸而是麵粉，事實上，這樁大生意有利可圖，全靠她舌粲蓮花的本領。她只憑一張合約，四年需進口一千個奴隸外加每個人搭三桶麵粉，就撈了這一輩子最狠的一票：她賣掉一千個合約上的奴隸，不過進口的麵粉不只三千桶，而是多達一萬兩千桶。是整個世紀最大宗的走私買賣。

她大半的時間都待在馬阿特斯的磨坊，她把生意核心擺在那邊，因為離馬格達萊納大河近，所有買賣交易都是從這裡對內連結整個總督轄區。她生意興隆的消息陸續傳回侯爵家，但是她絕口不提隻字片語。早在人生陷入危機之前，她每次回家，就已像是獒犬困在獸籠裡。朵蜜嘉說得好：「這個家好比身體，容不下她不成比例的大屁股。」

希娃．瑪莉亞在照顧她的女奴過世後，第一次在屋內有個屬於她的地方，他們讓她住在第一任侯爵夫人生前的豪華臥室裡。他們給她找家庭老師，教她學習正統的西班牙文，以及數學與自然科學知識。老師試著教她讀寫，她卻藉口看不懂字母，抗拒學習。有個非教會的女老師努力引導她欣賞音樂。她有興趣，品味佳，就是沒耐心學任何樂器。老師沮喪地辭去工作，臨別前對侯爵說：

「這個小女孩跟一切格格不入，因為她不屬於這個世界。」

貝娜妲想要澆熄內心的怨恨，但是她很快發現這不是她或她女兒的錯，而是母女倆天生相剋。她自從認定女兒身上有種陰森森的特質後，日子就過得提心吊膽。她只要想到往後一轉頭，就會迎上小女孩那雙猜不透的眼睛，以及一身增添陰沉氣息的輕飄飄薄紗，和一頭長達膝窩的亂髮時，就怕得直發抖。「小丫頭！」她對她大吼。「不准妳這樣看我！」當她非常專注辦公時，感覺有種恰如毒蛇般虎視眈眈的目光，和嘶嘶作響的呼氣在吹著她的頸項，她驚恐地嚇了一跳。

「小丫頭！」她對她大吼。「進來之前要出聲！」

每次聽到希娃．瑪莉亞在講約魯巴語就更教她害怕。入夜後更糟糕，貝娜妲半夜驚醒，感覺有人摸她，原來是她女兒站在床腳盯著她睡覺。她試著給希娃．瑪莉亞戴鈴鐺，不過沒用，因為她動作無聲無息，鈴鐺根本不會響起。「這個小女孩唯一的白人特徵只有外表的膚色。」她的母親說。她說得沒錯，而且小女孩替自己取了個非洲名字，跟原生名字交替使用：瑪莉亞．曼丁哥。

一天清晨，她們母女的關係惡化，貝娜妲醒過來，她食用太多可可，嘴巴乾得不得了，而她發現希娃．瑪莉亞的娃娃浮在甕底。看在她眼裡，浮在水中的可不只是個娃娃，而是更駭人的東西：一個死掉的娃娃。

她相信這是希娃．瑪莉亞用來對付她的非洲巫術，最終她認為這間屋子無法同時容下她們母女。侯爵試著充當和事老，卻遭她斷然拒絕：「只能選她，或者選我。」於是希娃．瑪莉亞回到女奴的小木屋，即使在母親停留磨坊的期間也不得進屋，她依舊跟出生時一樣自閉，而且大字不識一個。

但是貝娜妲的生活沒有就此改善。她試著把胡達士．伊斯卡由德留在身邊，並努力融入他的生活，然而不到兩年，她失去經營事業的目標和人生的方向。她將他裝扮成奴比亞海盜、塔羅牌聖杯國王、東方三王的梅爾丘王，帶他去城郊的社區，尤其是在大帆船靠岸，當城內準備開始一場長達半年的狂歡盛宴的時候。這段期間，城外臨時搭蓋的酒吧和妓女戶宛如雨後春筍般冒出，迎接從利馬、波托韋洛、哈瓦那和維拉克魯斯湧至的商販，他們來這裡是為了爭奪來自整個新世界的貨物和商品。有一晚，胡達士在一間搖櫓工的酒吧裡喝得爛醉如泥，他神秘兮兮地靠近貝娜妲。

「張開嘴，閉上眼睛。」他對她說。

她乖乖照他的話做，他拿出一塊來自瓦哈卡的美妙巧克力，放在她的舌頭上。貝娜妲認出那是什麼後吐掉，因為她打從還是個小女孩的時候就對可可特別反感。胡達士說服她那是一種神聖的食材，能增加生活樂趣、提升身體能量、振奮精神，以及增強性慾。貝娜妲哈哈大笑。

「如果真是這樣，」她說。「聖塔克拉拉修道院的小修女豈不都是鬥牛士了。」

她迷的東西是發酵蜂蜜，婚前她常跟她那幫同窗姊妹好友一起食用，後來她一直持續食用，她不只從嘴巴吃，連待在悶熱的磨坊裡，也會用五種感官去享用。她從胡達士那裡學會嚼食菸草，還學內華達山的印地安人，摻混了號角樹葉灰的古柯葉。她在印第安人的酒吧嚐過印度大麻、賽普勒斯的巴西乳香、卡托爾塞的烏羽玉仙人掌球，至少服用過一次菲律賓走私販用馬尼拉郵船運來的鴉片。然而，胡達士對可可的讚譽有加，最終還是打動了她。嚐遍其他東西後，她終於認同可可的功效，把這東西變成她最愛的絕品。後來胡達士淪為小偷、淫媒，偶爾也有雞姦行為，這些都是起於墮落，其實他什麼都不缺。有個倒楣的夜晚，他當著貝娜妲的面，跟打撲克牌發生糾紛的三個搖櫓工徒手打起來，結果因為惹毛對方，被用椅子活活打死。

貝娜妲躲在磨坊裡療傷。他們家像一艘東飄西蕩的船，要不是朵蜜嘉的能幹，早已觸礁沉沒，最後她按照她的神明的指示，把希娃．瑪莉亞養成她要的模樣。侯爵幾乎沒有察覺到妻子的崩潰。從磨坊那裡傳來一些耳語，說她發瘋，她自言自語，她會挑選特別懂得獻殷勤的奴隸，跟昔日的同窗姊妹朋友一同享受銷魂夜。流水送來也帶走了她的財富，她四處藏著一袋袋的蜂蜜和可可，當癮一發作，就不用浪費時間尋找。這時，她身邊僅剩兩罐裝滿幣值一百和四塊西班牙古金幣，這些純金鑄造的錢幣，是在事業一帆風順期間就埋在她床底下的。但她的生活過得淒慘無比，三年後，也就是希娃．瑪莉亞遭狗咬的不久前，當她從馬阿特斯返家時，丈夫已經認不得她了。

三月半，得狂犬病的風險似乎已經消除。侯爵覺得自己很幸運，除了感激，他決定採用亞雷魯西歐建議的幸福帖子，修補過去以及贏得女兒的心。他把時間全花在她身上。他努力學習怎麼幫她梳頭和編辮子。他努力教她變成傳統白人，為她重拾未曾真正成為白人貴族的夢想，矯正她喜歡蜥蜴湯和犰狳肉的口味。他能做的幾乎都做了，就是忘了問自己：這樣的方式能不能讓她得到幸福？

亞雷魯西歐繼續登門造訪。他要了解侯爵並不容易，可是他對侯爵的態度感到好奇，因為侯爵明明住在一個畏懼宗教裁判所的郊區，卻是這般恍惚度日。炎熱的兩個月就這樣過去，橘子花開了，亞雷魯西歐在樹下低喃，彷彿對牛彈琴，侯爵躺在吊床上日漸憔悴，遠在一千三百海里外的國王卻從沒聽人談起過他。有一次，貝娜妲哀傷的嘆息聲打斷他們的會面。

亞雷魯西歐心生警覺。侯爵裝作聾子，可是那持續不斷的呻吟是如此斷腸，怎麼可能假裝沒聽到。

「是誰在為亡者禱告？」亞雷魯西歐說。

「我的第二任妻子。」侯爵說。

「她的肝臟有毛病。」亞雷魯西歐說。

「您怎麼知道？」

「因為她是張著嘴巴呻吟的。」醫生說。

他未經允許，擅自推開房間的門，想看清楚在一片昏暗中的貝娜妲，但沒看到她躺在床上。他呼喚她的名字，但是她安靜不答。於是他打開窗戶，下午四點的刺眼陽光傾瀉而入，照亮躺在地上的貝娜妲，她一絲不掛，打開雙臂，肚子因為嚴重的胃脹氣而鼓脹得發亮。她的膚色在過度憂鬱的折磨下顯得暗沉。她抬起頭，窗戶突然開啟，光線刺得她眼花，因此沒認出背光的醫生。但他光看一眼，就明白了她的狀況。

「孩子，倉鴞正在對妳鳴叫啊。」他對她說。

他跟她解釋，只要緊急進行一種淨化血液的治療，還來得及救回一命。貝娜妲認出他是誰，便奮力支起身子，朝他破口大罵。亞雷魯西歐面不改色地忍受她的辱罵，並關上了窗戶。離去前，他走到吊床邊停下來，對侯爵說出他的預言：

「侯爵夫人頂多活到九月十五日，如果在這之前沒上吊自殺的話。」

侯爵神色自若地說：

「不幸的是，九月十五日還很久。」

他繼續投注心力，用幸福治療希娃．瑪莉亞。他們從聖拉撒羅山丘觀賞東邊致命的沼澤，和巨大的火紅太陽下山時，西邊那片彷彿著了火的海洋。她問他海洋的另外一頭有什麼，他回答：「世界。」他的每個表情都引來小女孩出其不意的反應。有一天下午，他們看見地平線出現一支大帆船隊，船帆迎風鼓得滿滿的。

這座城市開始改變面貌。他們父女很開心地看到木偶、吞火師，以及在這個象徵吉兆的四月裡，船隻抵港後的節慶所帶來的無數消息。希娃．瑪莉亞在兩個月內學到更多白人的東西，這是前所未有的情況。侯爵在試著讓她改頭換面的同時，自己也開始脫胎換骨，與過去的落差是那樣巨大，看起來不只是性格，連天性都變了。

屋子裡到處都是曾經出現在歐洲節慶會上的發條芭蕾舞伶、音樂盒以及機械鐘。侯爵拿出塵封已久的義大利大魯特琴。他給樂器裝上弦線、調整樂音，唯有愛才能詮釋這般堅定的態度，於是昔日高歌的歌曲再次相伴左右，他曾經的好歌喉和駑鈍的聽力，並沒有隨著歲月或因為模糊的記憶而改變。這段日子她問過他，是否真如歌曲所說的，愛情能克服一切。

「是真的。」他回答她。「但是不要相信或許比較好。」

侯爵對不錯的治療結果感到開心，他開始考慮進行一趟前往塞維亞的旅行，好讓希娃．瑪莉亞能拋開她沉默的憂傷，完成適應這個世界的教育。當日期和路程都敲定後，凱莉妲．寇布雷捎來一個可怕的消息，吵醒正在午睡的侯爵：

「大人，可憐的小姐快變成瘋狗了。」

亞雷魯西歐收到緊急通知後前來，並澄清這是民間的迷信，狂犬病患者不可能會變成咬傷他的動物。他診斷小女孩有些發燒，這是因為她的身體微恙，不是惡疾的病徵，所以不需要臥床休養。但他警告哀傷的侯爵，小女孩並非完全脫離惡疾的威脅。因為不管有沒有得狂犬病，遭狗咬傷一定有事。一如往常，唯一的辦法只有等待。

侯爵問他：

「您只能這樣告訴我嗎？」

「這是我從科學得到的唯一解釋。」醫生用同樣酸的語氣回答他。「可是，如果您不相信我，還有一個辦法：相信上帝。」

侯爵糊塗了。

「您曾發誓您不是信徒。」他說。

醫生不再看他。

「大人，不然我還能怎麼說。」

侯爵不信上帝，他只信能給他希望的所有東西。

城內還有三個執照醫生、六個藥劑師、十一個放血師，以及一票數不盡的江湖醫生和從事巫術工作的學究。儘管宗教裁判所在這五十年來，以不同的罪名判處一千三百人，其中七個人處以火刑。有個來自薩拉曼卡的年輕醫生撥開希娃．瑪莉亞已經結疤的傷口，敷上腐蝕性的藥泥想抽出腐臭的體液；另一個醫生也有同樣打算，這次是把水蛭放在後背；有個放血師用她的尿液來清洗傷口；另一個要她喝下去。兩個禮拜過後，她忍受每日兩次的藥草浴和兩次的灌腸劑，最後天然的銻丸藥水和其他致命的湯汁，把她整得奄奄一息。

她的燒退了，可是沒人敢說狂犬病已經治好了。希娃．瑪莉亞感覺自己死了一回。起先她帶著傲氣抵抗，但是過了兩個禮拜卻毫無進展，她的腳踝出現灼熱的潰瘍，敷了芥子泥和起疱藥的皮膚燒痛不已，還有胃部也開始激烈疼痛。她體驗了所有的痛苦：頭暈、抽搐、痙攣、發癲、腹瀉和膀胱無力，她倒在地上翻滾，痛苦而憤怒地哀號。最後，幾個比較大膽的江湖醫生放棄治療，他們相信她不是瘋了，就是遭惡魔附身。當侯爵不再抱任何希望時，莎谷塔拿著聖修伯特之鑰出現了。

這是最後的辦法了。莎谷塔脫掉長袍，在身體塗上印地安人的軟膏，再磨蹭小女孩赤裸的身體。小女孩雖然極為衰弱，仍拳打腳踢奮力抵抗，莎谷塔只得以蠻力壓制她。貝娜妲從她的房間聽見癲狂的淒厲叫聲，於是奔出去查看發生了什麼事，卻撞見希娃．瑪莉亞躺在地上跺腳，莎谷塔壓著她，身上覆蓋著像浪濤般的古銅色頭髮，高聲吶喊聖修伯特的祈禱文。她拿起吊床的掛繩抽打兩人。起先抽打地上，把她們嚇得縮成一團，接著追著她們跑遍屋內的角落，直到跑得喘不過氣來。

轄區主教托里比歐．德．卡塞雷．伊維士德斯聽聞這件鬧得沸沸揚揚的醜事，擔憂希娃．瑪莉亞所製造的混亂和她古怪的行為，於是派人帶口信給侯爵，而且沒有特別註明原因、時間或日期，這代表事態十分危急。侯爵不想為此感到忐忑不安，當天沒有事先通知，就親自前去面見主教。

主教履行神職時，侯爵早已退出公開活動，所以他們幾乎沒見過面。此外，主教身子骨差，無法照料自己喘聲連連的病體，而嚴重的氣喘考驗著他的信仰。他缺席許多公開的節日紀念活動，他的不見蹤影令人難以置信，而少數幾次出現的場合，總是疏離冷漠，慢慢地，他變成了一號不真實的人物。

侯爵看過主教幾次，都是遠遠的，而且在公開場合，不過他對他留下的印象，來自一次共祝彌撒聖餐，主教乘坐華蓋轎子，由政府高官抬出來。他身軀龐大，一身華麗祭服，乍看之下恍若一尊巨像，他是個老翁，但是沒有鬍子，五官端正，加上罕見的綠眼珠，使他的美不隨年紀改變。他的肩膀上方有一道教宗的神奇光輪，近距離接觸他的人，都認為那是他的智慧與權力散發的光暈。

主教居住在城裡最古老的宮殿，兩層樓高，相當遼闊，處處都是毀壞的痕跡，他用到的空間不到一層樓的一半。這座宮殿坐落在大教堂旁，裡面有一座常見的拱形迴廊，外觀已經發黑，還有一個帶一口井的院子，在荒煙蔓草間化為廢墟。連莊嚴的正面門牆，上面精雕細琢的石頭，和幾扇一整片木頭製作的大門，都顯露著荒廢造成的破壞。

侯爵抵達門口，由一位印第安人副主祭迎接入內。他施捨零錢給幾群跟著溜進門廳的乞丐，接著他進入陰暗涼爽的屋內，這時，大教堂鐘的聲響起，裡頭迴盪著下午四點洪亮的鐘聲。中央走廊黑漆漆一片，他跟在副主祭後面，卻看不清楚他的身影，每跨出一步，他都仔細斟酌，以免絆到胡亂擺放的雕像和擋路的殘磚碎瓦。走廊盡頭有一座小小的前廳，從天窗傾瀉而下的光線，稍微照亮裡面的空間。副主祭在這兒停下腳步，他指示侯爵坐下來等待，接著從一旁的門離開。侯爵佇立著，視線搜尋主牆上一幅大肖像油畫，那是一位年輕軍官，身穿國王掌旗官的華麗制服。當他讀到畫框上的銅板時，才發現這是年輕時的主教。

副主祭開門請他進去，侯爵還沒走過去，就再次看到比起肖像整整老了四十歲的主教。他比大家形容的還要高大威嚴，只是飽受氣喘的折磨，不堪炎熱的摧殘。他汗如雨下，坐在菲律賓搖椅上，緩緩地搖動椅子，拿著一把沒怎麼搧的棕櫚葉扇子，他的身軀往前傾，這樣能讓呼吸更加順暢。他腳下一雙農民涼鞋，身上一件亞麻衫，因為用肥皂反覆搓洗，布料顯得粗糙。他的貧困從第一眼就看得出。然而，最引人注目的，是他那雙唯有清高的靈魂才擁有的純淨眼睛。他一看到侯爵出現在門口，便拿起扇子對他熱情地打招呼。

「請進，伊那西歐。」他對他說。「把這裡當作你家。」

侯爵往褲子抹乾雙手的汗水，跨進大門來到一處露天花壇，迎接他的是垂掛半空的風鈴草和蕨類植物，從這裡可以眺望所有教堂的鐘樓、主要屋舍的紅屋頂、在熱氣包圍下昏睡的鴿舍、襯著澄淨的天空的軍事堡壘，以及火紅的大海。主教刻意伸出那雙軍人般強壯的手，侯爵親吻了他的戒指。

因為氣喘，他的呼吸特別大聲，雜音也很多，因為不恰當的嘆息和粗啞短促的咳嗽聲，他說的句子變得不太清楚，可是無損他的口才。他很快地簡單話家常。他面對侯爵坐著，侯爵很感激他以慰問揭開這場談話，話題是如此豐富而包羅萬象，一直到下午五點的鐘聲響起，他們才驚醒過來。那不只是鐘聲，而是一種撼動了下午日光的顫動，天空滿是受驚的鴿子。

「真是可怕。」主教說。「每個小時響起的鐘聲都像地震，在我的體內迴盪。」

侯爵很詫異聽到這句話，他在下午四點鐘聲響起時，也是這麼想的。主教認為這純粹是巧合。「人往往有一樣的想法。」他說。他舉起食指在半空連續畫幾個圈，最後說：

「想法就像天使飛過。」

一位服侍修女端來一個雙耳大肚水瓶，裡面是泡著水果丁的濃厚葡萄酒，以及一盆冒著熱氣的水，空氣瀰漫草藥的氣味。主教閉上眼睛吸一口蒸氣，陶醉的神情退去後，他換了一個人：他找回了掌控自己的能力。

「我們要你過來，」他對侯爵說。「是因為我們知道你需要上帝，而你卻假裝不知道。」

他的嗓音不再有風琴的音調，雙眼重拾光芒。侯爵一口氣喝下半杯酒，鼓起了勇氣。

「閣下應該知道我帶著最不幸的詛咒，足以害人吃苦受罪。」他說，那份卑微消除了他人的戒心。「我不再信仰上帝。」

「我們知道這件事，孩子。」主教回答，並沒有太驚訝。「我們怎麼可能不知道！」

他說這句話的語氣帶著些許愉快，因為他曾為摩洛哥國王的掌旗官，也在二十歲那場戰役的砲聲隆隆中失去信仰。「在那瞬間，上帝不存在的堅定想法掠過腦海。」他說。他害怕極了，決定投身禱告和苦修的人生。

「終於我得到上帝的垂憐，獲得祂指引志向的道路。」他下結論。「因此，最重要的不是你不再信仰上帝，而是上帝繼續相信你。這是不容置疑的事實，因為祂時時刻刻都扮演著一盞照亮我們的明燈，帶給你安心。」

「我曾希望默默承擔自己的不幸。」侯爵說。

「那麼你並沒有成功。」主教說。「這是個眾人皆知的秘密，令千金實在可憐，她飽受恐怖的痙攣折磨，痛得在地上打滾，嘴裡吼叫崇拜偶像的術語。這不就是惡魔附身的明顯症狀？」

侯爵心頭一驚。

「這是什麼意思？」

「惡魔詭計多端，其中最常見的是藉著不潔的疾病侵入善良的身體。」他說。「惡魔一旦進去，就沒有任何人類的力量能夠袪除。」

侯爵解釋了一遍被狗咬過後會出現的症狀變化，可是主教總能找到占上風的理由。他提出一個自己再清楚也不過的問題：

「你知道誰是亞雷魯西歐？」

「他是第一個替小女看診的醫生。」侯爵說。

「我希望聽聽你親口敘述。」主教說。

他搖搖手邊的鈴鐺，有個年約三十歲的神父立刻現身，像是瓶中精靈瞬間冒出來。主教簡單介紹他是卡耶塔諾・德勞拉神父，要他坐下來。天氣熱，他身著一件家居黑長袍，以及一雙跟主教一樣的涼鞋。他神情緊張、膚色蒼白，睜著一雙靈活的眼睛，一頭濃黑的頭髮有一綹白髮絲垂在額頭前。他的呼吸短促，雙手來回搓揉，似乎過得不是很快樂。

「我們對亞雷魯西歐有什麼認識？」主教問他。

德勞拉神父不假思索回答。

「亞雷魯西歐・德・沙佩雷拉・卡沃。」他說，並逐字拼出他的名字。接著他立即對侯爵說：「侯爵大人，您發現了嗎？他的最後一個姓氏，在葡萄牙語是狗的意思。」

德勞拉神父繼續說，這是不是他真實姓名，無從確認。根據宗教裁判所的檔案，他是個猶太裔葡萄牙人，遭驅逐出半島後，承蒙某個總督的德政安居此地。因為他用來自圖爾瓦科的淨化水，治癒總督腫脹達兩磅的陰囊疝氣。他提到他有許多秘方、以預知死亡為傲、可能的同性戀傾向、毫無顧忌地涉獵群書，以及沒有信仰的生活，然而大家唯一確認的事蹟是，他救活客西馬尼的補衣小裁縫師。根據確切的證詞顯示，當時小裁縫師已身著壽衣躺在棺材裡，亞雷魯西歐命令他站起來。幸虧這位死而復活的人，在宗教裁判所法庭面前證實他從沒喪失良知。「他因此逃過火刑。」德勞拉神父說。最後，他提起他的馬死在聖拉薩羅丘陵並葬在聖地。

「他像愛一個人那樣愛那匹馬。」侯爵插話。

「侯爵大人，這是侮辱我們的信仰。」德勞拉神父說。「馬活到一百歲並不是上帝要管的事。」

侯爵警覺地發現，一個私下的玩笑話竟然會被記在宗教裁判所的檔案裡。他試著稍稍辯解：「亞雷魯西歐是個口不擇言的人，但是我以最謙卑的心相信，這距離妖言還有一大段距離。」要不是主教出面導正偏離的話題，這場酸溜溜的爭執可能會沒完沒了。

「不管醫生怎麼說，」他說。「挑起人類憤怒通常是惡魔的眾多詭計之一。」

侯爵不懂。主教便向他這般誇張地解釋，聽來像是被判處永劫不復的火刑的前奏。

「幸好，」他下結論。「就算無法治癒令千金的身體，上帝依然給了我們方法拯救她的靈魂。」

夜幕降臨大地。侯爵看見紫紅的天空出現第一顆白亮的星子，他掛念女兒孤單待在髒亂的家中，拖著那條遭江湖醫生胡亂醫治的腿。他以天生的虛心請教：

「我該怎麼做？」

主教開始逐一說明。他准許侯爵每進行一步時，可以提到他的名字，特別是在聖塔克拉拉修道院，並要侯爵盡快把女兒送進那裡。

「讓我們來照顧她。」他下結論。「剩下的交由上帝來處理。」

侯爵抱著比來到這裡時還要沉重的心情告別。他從馬車的窗戶凝視荒涼的街道。光溜溜的孩子泡在水窪裡，禿鷲撒落一地垃圾。彎過街角後，他看見一直守在那裡的大海，一股忐忑不安的焦慮襲來。

他回到籠罩在昏暗中的家，誦唸三鐘經的鐘聲響起，這是自從歐拉亞夫人死後他第一次高聲誦經：主的天使向瑪利亞報喜。大魯特琴的弦音在漆黑中迴盪，像是來自水塘的深底。侯爵躡手躡腳地循著音樂傳來的方向前進，來到女兒的臥室。她在裡面，坐在化妝臺的椅子上，一襲白袍，長髮披散在地，她正在練習他傳授的基礎曲子。他不敢相信，眼前的小女孩竟是他中午離家時那位遭江湖醫生折騰倒下的女兒，這若不是奇蹟，就是曇花一現的幻覺。希娃·瑪莉亞發現了他，於是停止彈奏，並再一次墮入痛苦的深淵。

他陪伴她一整晚。他笨拙地扮演父親角色，幫忙她處理臥室例行的瑣事。他給她穿反了睡袍，讓她不得不脫下重新穿好。這是侯爵第一次看見女兒的裸體，他難過地看著她清晰的肋骨、小巧的乳頭和柔軟的陰毛。她紅腫的腳踝一片紅暈。當他扶她上床睡覺時，小女孩依舊默默忍受疼痛，發出低得聽不見的哀號，他心一揪，相信自己像在幫她赴死。

他感覺到一股自從喪失信仰以來，第一次想要禱告的迫切衝動。他前往禱告室，努力尋回他曾經放棄的上帝，卻徒勞無功：他的不信要比信仰來得強烈，因為這是出自感覺的。他聽見女兒在凌晨的涼寒中咳嗽幾聲，於是前去她的臥室查看。路上他見到貝娜姐的房間半開。他推開房門，急於分享他的疑惑。貝娜姐趴在地上睡著了，發出震耳欲聾的呼聲。侯爵杵在門口，手擱在門把上，他沒吵醒她。他只對著空氣說：「你的人生是為了她的人生存在。」隨即他改正過來：

「混帳！我們兩個狗屁不值的人生是為了她的人生存在！」

小女孩睡著了。侯爵站著不動，哀傷地看著她，他問自己該眼睜睜地看她斷氣，還是讓她飽受治療狂犬病的痛苦。他放好蚊帳，防止蝙蝠來吸血，他給她蓋好被子，以免她繼續咳嗽，然後他守在床邊徹夜看顧，心底湧出一股全新的喜悅，他在這個世界上不曾這樣愛過一個人。清晨四點，希娃．瑪莉亞睜開眼，看見父親坐在床邊。

「我們該出發了。」侯爵說。

小女孩沒多要求解釋，便直接下了床。侯爵幫忙她更換外出衣服。他在衣箱翻找一雙天鵝絨套鞋，以免護腿的襯皮摩擦她的腳踝，結果他意外找到一套母親小時候穿過的華麗洋裝。衣服雖然因為時間已經變舊和發出怪味，但很清楚地看得出來沒穿超過兩次。侯爵讓希娃．瑪莉亞戴上神明項鍊和聖牌吊墜，再穿上這件相隔一個世紀的洋裝。她穿起來有點緊，這反倒加深了款式的古典氣息。他給她戴上也是在衣箱裡找到的帽子，上頭的緞帶顏色跟洋裝一點也不搭調。帽子戴起來剛剛好。最後，他替她整理一個手提箱，裡面放著一套睡袍、一把連虱子卵都能梳下來的密梳，還有她祖母的一本袖珍的每日祈禱書，書皮是珍珠母貝製作，並附上黃金鎖鏈。

這天是棕枝主日。侯爵帶著希娃．瑪莉亞參加五點的彌撒，她開心地收下祝福過的棕櫚葉十字架，但是不知道做何用途。當他們離開時，已經能看到馬車外天色破曉。侯爵坐在主座，膝上擱著小提箱，小女孩沉著地在對面坐著，最後一次凝視窗外那些逐漸遠離的、她生活了十二年的街道。她一點也不好奇自己為何被打扮成瘋女胡安娜一世的模樣、為何要戴上娼妓的帽子，還有這一大清早要去哪裡。侯爵思索許久之後問她：

「妳知道誰是上帝嗎？」

小女孩搖搖頭否認。

遠處地平線閃電雷聲交加，天空開始烏雲密布，海面浪濤起伏。轉個彎，聖塔克拉拉修道院矗立在眼前，這是一棟孤單的白色建築，三層樓，開滿藍色的百葉窗，下邊是一處堆積垃圾的沙灘。侯爵伸出食指對她指著。「就在那裡。」他說。接著他指向左邊：「妳能從窗戶隨時看到大海。」既然小女孩沒反應，他便對她的命運做出唯一的解釋：

「妳會待在這裡，跟著聖塔克拉拉的修女休養幾天。」

由於這一天是棕枝主日，門口附近聚集著比平常還要多的乞丐。有些痲瘋病患除了跟乞丐們爭奪廚餘之外，也爭相向侯爵伸出了手。侯爵施捨少許的錢，他們每個人都得一份，直到送光二十五分里亞爾幣為止。守門修女見他身穿黑色塔夫綢服飾，又見小女孩裝扮得像王后般雍容華貴，便上前招呼他們。侯爵解釋他按照主教的指示送希娃·瑪莉亞過來。他態度認真，修女毫不懷疑他的說法。她仔細檢查小女孩的儀容，並摘掉她的帽子。

「這兒不准戴帽子。」她說。

她拿走帽子。侯爵想把小提箱一起交給她，她卻沒有收下：

「她不需要任何東西。」

小女孩的辮子沒盤緊，幾乎垂到了地上。修女不相信那是真的頭髮。侯爵試著想要幫忙，小女孩卻將他推開，不需協助就自個兒把頭髮盤好了，修女十分詫異她竟有一雙這麼靈巧的手。

「頭髮得剪掉。」她說。

「這是向聖母立下的誓願，直到嫁人才能剪。」侯爵說。

守門修女聽了他的理由後垂下頭。她牽起小女孩的手，沒給她時間道別，讓她從十字轉門進去。小女孩走路時腳踝會疼痛，因此她脫掉左腳套鞋。侯爵望著她遠離的背影，鞋子拿在手上，赤腳一拐一拐地走著。他癡等著她會有那麼一瞬間心生憐憫，回頭看看他。他對她的最後回憶，是她拖著受傷的腳走過花園的長廊，消失在隱修女居住的樓閣裡。

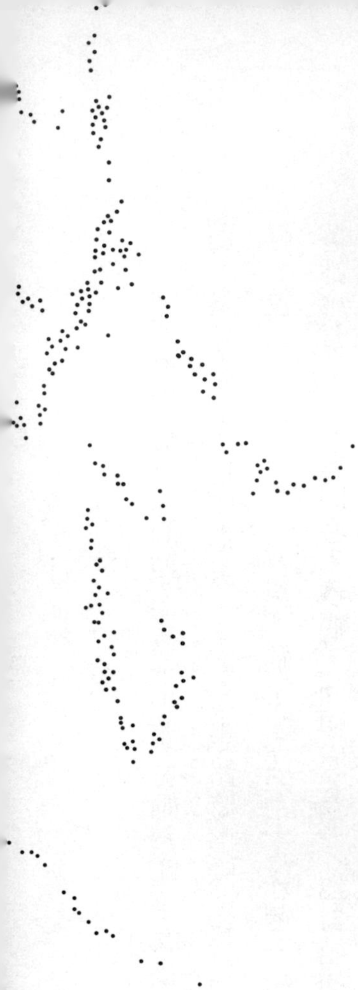

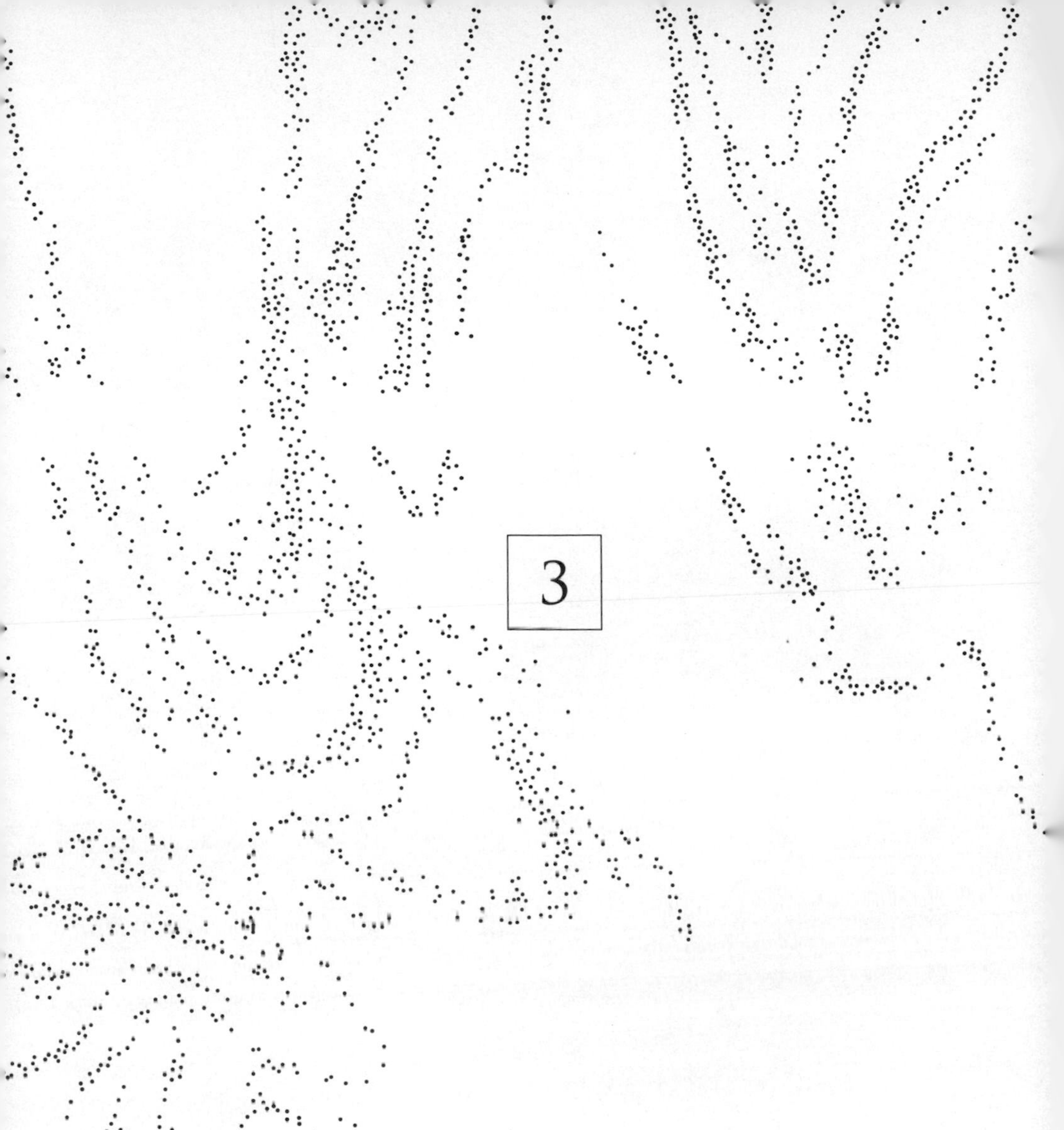
3

聖塔克拉拉修道院是一棟面海的方形建築，一共三層樓，開著許多扇一模一樣的窗戶，和一條半圓拱長廊，圍繞一座雜草叢生的陰暗花園。一條石頭小徑延伸到香蕉樹林和野生蕨類植物間，一棵瘦長的棕櫚樹尋覓陽光，長得比屋頂還高，一棵巨大的樹，樹枝垂掛著香莢蘭和一串串蘭花。樹下有一個死水池塘，四周圍著生鏽的鐵欄杆，捉來的金剛鸚鵡走在上面，像是馬戲團的走鋼索表演。

花園把這棟建築分為兩側。右側是隱修女住的三層樓，這兒幾乎不受懸崖下退浪的濤聲，日課的誦經聲，和詩歌吟詠聲干擾。從這個樓的後門，能通到禮拜堂，隱修女要參與唱詩歌的行列不必經過公共的正廳，她們可以隱身在花格窗後面聆聽彌撒和歌唱，不僅能看得清楚又不會被看到。整座修道院的屋頂都是用昂貴木頭製作的平頂鑲板裝飾，美輪美奐。這個裝飾出自一個西班牙工匠之手，他奉獻大半輩子時光，只為換取安葬在主聖壇壁龕的資格。如今，他就安眠在那裡的大理石墓碑後面，與將近兩個世紀以來的女修道院院長和主教以及其他顯赫人物擠在一起。

希娃．瑪莉亞來到修道院時，一共有八十二名西班牙隱修女，她們各有各的傭人，還有三十六名土生白人修女，全來自總督轄區的大戶人家。她們在宣發神貧願、服從願和貞潔願後，唯一跟外界的接觸是在會客室的難得幾次探訪，那裡雖然隔著花格木窗，聲音卻能夠穿透，但是光線無法照射進去。會客室位在十字轉門旁，須按規定從嚴使用，通常會有人在場監聽。

花園左側是學校、各類工作坊，住著一大群見習修女以及手工藝教師。家務坊在這裡，包括了一間有好幾個柴火爐的巨大廚房，一張跟肉鋪裡一樣的櫃檯，和一個大麵包烤爐。盡頭有一個院子，地面永遠積著洗滌水一片泥濘，好幾戶奴隸住在這裡，最後還有馬廄、山羊欄、豬圈、果園和蜂箱，修女們會盡量地飼養和栽種，以求舒適地過日子。

最後，在一個距離最遙遠、連上帝都放棄的地方，有一座孤單的樓閣，過去六十八年來一直充當宗教裁判所的監獄，到現在還是用來囚禁誤入歧途的聖塔克拉拉修女。她們把希娃．瑪莉亞關在這個遭到遺忘的角落的最後一間牢房裡，這時距她遭狗咬已過了九十三天，也沒有出現任何狂犬病的症狀。

牽著她的那位守門修女在走廊盡頭遇到一名見習修女，她見她要去廚房，便要求她帶小女孩去見院長。見習修女心想，把這麼憔悴和盛裝打扮的小女孩帶到鬧烘烘的廚房實在不妥，便留她坐在花園裡的一張石頭長凳上，打算晚點再來接她。可是她回來時把她給忘了。

後來兩名見習修女經過花園，對她的項鍊和戒指很感興趣，於是問她是誰。她沒回答。她們問她是否會講西班牙語，但是她們就像對著幽靈說話。

「她是聾啞人。」比較年輕的那個說。

「或者是德國人。」另一個說。

比較年輕的那個開始當她沒有五種感官。她鬆開她圍繞在脖子上的辮子，用指距來量。「大概四個指距長。」她說，她相信小女孩聽不見她說話。她開始捉弄她，但是希娃．瑪莉亞用眼神嚇阻她。見習修女瞪回去，對她吐吐舌頭。

「妳有一雙惡魔的眼睛。」她對她說。

見習修女不費力地拿走她的戒指，可是當另一個想要搶走項鍊時，卻惹來她像蝰蛇般的反撲，瞬間朝她的手精準地咬下一口。那個修女跑開去清洗鮮血。

當午前祈禱聲響起，希娃．瑪莉亞正好起身到池塘喝水。她嚇一跳，連一口水也沒喝就回到長凳坐好，但是當她發現那是修女的唱詩聲後，便再次回到池塘邊。她伸出手靈巧地撥開一層腐爛的樹葉，直接喝到解渴，連孑孓都沒趕走。接著她蹲在樹幹後面撒尿，手裡拿著一支木棍以防狡猾的動物或圖謀不軌的男人出現，這是朵蜜嘉教她的。

不久，兩名黑奴經過，認出她戴著的巫毒項鍊，便跟她用約魯巴語交談。小女孩興奮地用同樣語言回答他們。黑奴不知道她為什麼在花園裡，就帶著她到雜亂的廚房，所有奴隸歡天喜地迎接她。這時有人發現她腳踝上的傷口，想知道發生了什麼事。「我媽媽拿刀割的。」她說。每當有人問她叫什麼，她都回答她的黑人名字：瑪莉亞．曼丁哥。

她在這短暫的一刻找回她的世界。她幫忙割掉遲遲不斷氣的山羊的頭。她挖出羊眼珠以及割除睪丸，那可是她最喜歡的部位。她跟廚房裡的大人和院子裡的孩童比扯鈴，打敗了每個人。她用約魯巴語、剛果語和曼丁哥語唱歌，連不懂歌詞意思的人都會專注聽著她高歌。午餐時，她用豬油煎熟一盤山羊睪丸和眼珠，再用熱辣的香料調味後吞下肚。

這時，除了院長荷西芳．米蘭達，修道院的上上下下都知道廚房裡有個小女孩。院長身材乾瘦，個性冷漠，繼承家族狹隘的思想。她受宗教裁判所的影響，在布爾戈斯接受教育，但是她的領導能力和根深柢固的偏見是與生俱來的，一輩子也改不了。她有兩位能力優秀的代理人，可是她事必躬親，從不要他人協助，因此顯得她們的存在是多餘的。

她跟本地轄區主教的恩怨，遠在她出生前一百年就結下了。一如史上那些重大的糾紛，聖塔克拉拉修女和方濟會主教之間的金錢和管轄權之爭，最初起因於小小的摩擦。修女不肯跟主教妥協，再加上她得到了政府的支持，這一點就成了點燃戰火的原因，最後在某個時刻，就演變成所有人的相互仇恨。

主教仗著其他團體的支持，宣布修道院全面戒嚴，欲以飢餓逼她們投降，並頒布禮拜儀式禁令：城內禁止一切宗教活動，直到新令下來。最後居民四分五裂，政府跟宗教高層互擁支持勢力，相互對立。然而，聖塔克拉拉修女依舊活著，經過六個月的圍城依舊不屈不撓，直到一條秘密隧道曝光後才發現，她們的支持者就是從這裡運送補給。這一次方濟會修士得到新總督的支持，總算攻破了聖塔克拉拉修道院，並解散了修女。

過了整整二十年，這股沸騰的情緒才沉澱下來，聖塔克拉拉修女得以回到重建的修道院，但是一直到一個世紀後，怨恨依舊在荷西芳·米蘭達的內心慢火熬煮。她把怨恨餵食給實習修女，不但使怨恨在她們心中萌芽，還深深地在心底深處扎根，並將因卡塞雷·伊維士德斯主教而起的，所有跟他有關的過錯具體化。因此，當有人代表主教通知她，卡薩杜埃羅侯爵二世送他十二歲的女兒來修道院，而且這個小女孩因為遭邪魔附身奄奄一息，可以想見她有什麼反應。她只問一個問題：「侯爵是真有其人嗎？」這句話夾帶雙倍怨毒，因為這是主教交代的事，也是因為她一向不承認土生白人貴族的地位合法，她叫他們「鄉紳貴族」。

到了午餐時間，她還找不到希娃．瑪莉亞在修道院的哪裡。守門修女告知一位副院長，天亮時，有個穿喪服的男人把一個金髮小女孩交給她，那個小女孩盛裝打扮，猶如一位王后，不過還沒調查她的背景，因為當時恰巧有一群乞丐爭相搶奪棕枝主日的木薯湯。她並拿出彩帶帽給她，證實自己不是胡說八道。副院長把帽子帶給院長看，這時大家正在找尋小女孩的下落，她一看便非常確定那是誰的帽子。她用指尖拎起帽子，拿得遠遠地仔細觀察。

「好個侯爵名媛，竟然戴著一頂奴僕的帽子。」她說。「撒旦才知道她要幹什麼好事。」

早上九點，院長前往會客室途中，曾在花園停下來跟水泥匠爭吵某件水利工程，但是她沒看見小女孩坐在石頭長凳上。其他修女經過那邊好幾次也沒看到她。那兩個搶走她的戒指的見習修女發誓，她們在午前禱後經過那裡時並沒有看見她。

院長睡完午覺醒來聽見有人正在獨唱，歌聲繚繞整座修道院。她拉了拉床邊的一根繩子，一名見習修女立刻出現在昏暗的房間裡。院長問是誰唱得這麼動聽。

「是那個小女孩。」見習修女說。

院長還昏昏沉沉，她低聲讚嘆：「真是天籟之音。」接著她嚇得跳起來：

「哪個小女孩?!」

「我不知道。」見習修女對她說。「有個小女孩從今天一早就待在嘈雜的後院。」

「老天哪！」院長大叫。

她從床上跳下來，穿越修道院，循著希娃．瑪莉亞的歌聲，奔至奴僕的後院，她坐在一張石頭長凳上唱歌，頭髮流洩一地，圍繞在四周的一群僕人一臉如癡如醉。她一看到院長出現，立刻閉上嘴巴。院長拿起掛在脖子上的苦像十字架。

「聖潔的聖母瑪利亞。」院長高聲大喊。

「無染原罪受孕。」大家齊聲說。

院長揮舞手中的十字架，彷彿那是制伏希娃·瑪莉亞的武器。「退去！」她大喊。在場的奴僕往後退去，留下小女孩孤零零地待在那裡，睜著一雙警戒的眼睛盯著前方。

「撒旦怪物。」院長大喊。「你躲藏起來想糊弄我們。」

無論她們怎麼逼迫都無法讓她開口說一個字。有個見習修女牽起她的手，想帶走她，惹得院長大驚失色地阻止。「不要碰她。」她大叫。接著她對所有人說：

「任何人都不准碰她。」

最後她們強行帶走她，任由她踢腿蹬足，學狗那樣對著空中亂咬，把她塞進監獄樓閣的最後一間牢房。她們在半途發現她渾身沾滿自己的糞便，就去馬廄拿了水桶幫她清洗。

「城內有這麼多座修道院，主教偏偏把一大坨糞便送來給我們。」院長抗議地說。

那間牢房很寬敞，牆面粗糙，屋頂非常高，扇形拱上爬滿了如同葉脈狀分布的螞蟻。房間只有一扇門，門旁有一扇裝設木條欄杆的落地窗，還有一根鐵橫檔拴住兩片窗板。盡頭的牆上開著另一扇面海的挑高窗戶，上面還特別加裝一層木頭十字花格保護。床鋪是一座灰泥臺，上面鋪著一張用蘆葦稈填充的亞麻布床墊，整座臺子因經年累月的使用而磨得光亮。牆壁上懸掛一支苦像十字架，下方是一張可以坐的石凳和一張工作桌，桌子充當聖壇兼盥洗臺。她們把希娃・瑪莉亞丟在這裡，她怕得直發抖，渾身連辮子都濕透了。照料她的是一位受過對抗惡魔千年戰爭訓練的守衛修女。

她坐在床上，雙眼直瞪著加裝鐵條的鐵門，到了下午五點，給她送來一盤點心的女僕發現她一直保持這個姿勢，一動也不動。女僕想搶走她的項鍊，卻被她一手抓住手腕，逼她鬆開。修道院從這一晚開始記錄日誌，並寫下了那位女僕的聲稱：有一股來自其他世界的無形力量將她擊倒在地。

小女孩在牢門緊閉時一直保持不動，直到傳來一串鎖鏈聲，以及鑰匙插進大鎖轉兩圈的聲響。她看到她能果腹的食物：少許的臘肉、一塊木薯糕和一杯巧克力。她試著嚐嚐木薯糕，嚼一嚼後卻吐掉。她仰躺在床上，聆聽大海的喘息聲，飽含水氣的風聲，以及即將到來的季節最初的幾聲響雷。第二天破曉，女僕回來送早餐，發現她用牙齒和指甲把床墊撕得肚破腸流，然後就睡在外露的一堆蘆葦稈上面。

到了午飯時間，她乖乖地跟人來到未宣發終身願的修女的食堂。這是一間寬敞的大廳，有高聳的屋頂和大扇的窗戶，窗外傳來大海震耳欲聾的怒吼聲，怒濤拍打海階的轟隆隆巨響近在咫尺。裡面有二十個見習修女，大多數是年輕女孩，她們對著兩排粗糙的大桌子坐著。她們一身粗紗布衣，頂著光頭，既快樂又無知，她們掩不住能夠跟遭魔鬼附身的小女孩同桌上吃每天固定的伙食有多麼興奮。

希娃．瑪莉亞坐在大門旁，左右兩邊相伴兩名心不在焉的守衛修女，結果一口食物也吃不下。她們給她穿了一件跟見習修女相同的袍子，腳上的涼鞋還是濕的。大家吃飯時並沒有人看她，但最後幾個見習修女圍過來，稱讚她的項鍊。她們其中一個想搶走項鍊。希娃．瑪莉亞發怒了。守衛修女試著制住她，但是被她用力推開。她爬上餐桌，從這一頭跑到另一頭，發出如同登船作戰的怒吼，彷彿真的著魔了。她打破所有沿途看的東西、從窗戶跳出去、撞壞後院的藤架、擾亂蜂箱、推倒馬廄的圍欄以及畜欄的籬笆。蜜蜂四處逃竄，家畜驚慌嗥叫、倉皇奔逃，還闖進了隱修女居住的臥室。

自此之後，不管發生什麼事，大家都把過錯歸咎於希娃．瑪莉亞的詛咒。日誌上記錄有好幾個見習修女宣稱，她們親眼看見她張著透明的翅膀飛翔，發出不可思議的嗡嗡聲。花了兩天，一群奴隸才把所有的家畜趕回畜欄，驅趕蜜蜂回到蜂巢片，讓修道院恢復秩序。謠言四起，說是豬隻遭人下毒、飲用水引起幻覺，還有一隻驚慌的母雞飛過屋頂，消失在遠處的海平面。但是聖塔克拉拉修女們的恐懼是矛盾的，儘管院長大驚小怪，每個人驚慌不安，但希娃．瑪莉亞的牢房卻成為焦點，吸引了所有修女好奇的目光。

晚上七點結束晚禱後到早上六點鐘晨禱的彌撒是宵禁時間，除了少數幾間特准的寢室，一律都要熄燈。然而，修道院的生活未曾像此刻這麼混亂和自由。走廊上有黑影走動，傳來斷斷續續的低語聲，以及刻意踩輕的匆忙腳步聲。在最令人意料不到的寢室裡，有人在打西班牙紙牌或擲作弊骰子，有人違反規定偷嚐烈酒，有人偷偷摸摸抽著捲菸，這可是荷西芳·米蘭達院長禁止在宵禁時間做的事。修道院裡有個被魔鬼附身的小女孩，讓人不由得有了各種刺激又新奇的想像。

連最嚴肅的修女也無視宵禁鐘聲，違反修道院清規，三兩結伴去找希娃·瑪莉亞說話。起先她張牙舞爪地迎接她們，但她很快學會如何根據每個人的脾氣和她們當晚的心情來應付。她們最常要她當差使，要求惡魔幫忙一些匪夷所思的事。希娃·瑪莉亞模仿亡者、斷頭者和妖魔鬼怪的聲音，許多修女信以為真，還將其中幾個惡作劇記在日誌上。一個不祥的黑夜，一群變裝的修女闖進希娃·瑪莉亞的牢房，塞住她的嘴巴，搶走她不讓任何人侵犯的項鍊。不過她們的勝利轉瞬消逝。倉皇奔逃之際，帶頭搶劫的修女絆了一腳，跌下漆黑的樓梯，撞凹了頭骨。她的同伴嚇得心神不寧，立刻把搶來的項鍊物歸原主。再也沒人敢來擾亂牢房夜裡的寧靜。

對卡薩杜埃羅侯爵來說，這些日子形同守喪。這不是因為他太晚送女兒到修道院，而是後悔做了這個決定，這讓他永遠無法從傷痛的衝擊中恢復。他在修道院附近徘徊好幾個小時，問自己在那些數不盡的窗戶當中，希娃·瑪莉亞在哪一扇窗裡思念著他。他返家時，黑夜已經降臨，他撞見貝娜妲正在院子裡乘涼。他怕她會問起希娃·瑪莉亞，但她連正眼也沒瞧他。

他放開獒犬，躺到臥室的吊床上，希望一直睡下去，卻怎麼也睡不著。信風已經離開，這一晚炎熱難耐。沼澤冒出各種受不了熱氣的小爬蟲，以及一群群飢餓難耐的蚊子，房間內得燒牛糞來驅蚊。所有人昏昏欲睡。此刻，大家渴望著今年的第一場暴雨到來，而六個月後，他們又會乞求永遠別再下雨。

天剛矇矇發亮，侯爵就出門往亞雷魯西歐家去。他還沒坐下來，立刻覺得能有人一起分擔痛苦，實在令人鬆了一大口氣。於是他開門見山地說：

「我把女兒送去了聖塔克拉拉修道院。」他說。

亞雷魯西歐不懂他的意思，侯爵趁他一臉茫然時，繼續吐出第二個驚人消息。

「她會接受驅魔。」他說。

醫生深深地吸口氣，以一種令人讚嘆的冷靜口吻說：

「把事情一五一十地說清楚。」

於是侯爵娓娓道來：拜訪主教、他對禱告的渴望、他盲目的決定，以及無法成眠的夜晚。這是一個老基督徒的投降協定，他只想重拾快樂，不想保守任何秘密。

「我相信這是上帝的旨意。」他下結論。

「您的意思是，您又重拾了信仰？」亞雷魯西歐說。

「要全心信仰不可能。」侯爵說。「疑惑還是存在。」

亞雷魯西歐懂了他的意思。他一直以為一旦放棄信仰，會在原本信仰的位置留下一個難以抹滅的疤痕，叫人永遠無法忘記。他不了解的是他怎麼狠得下心讓親生女兒承受驅魔的折磨。

「驅魔跟黑奴的巫術差不了多少。」他說。「或者更糟糕吧，因為黑奴只是殺雞祭神，宗教裁判所卻以迫害無辜者為樂，將他們綁在刑臺上分屍或當眾活活燒死。」

他認為當他拜訪主教時遇見那位卡耶塔諾．德勞拉閣下是不祥的預兆。「他是劊子手。」他直截了當地說。接著他開始詳細列舉古代的信仰審判如何指控精神病患為中邪或異端者，以及處決他們的例子。

「我相信與其把她活埋在那裡，倒不如殺掉她，這樣反而更符合基督的慈悲。」他如此做了結論。

侯爵在胸口比畫十字。亞雷魯西歐看著發抖的他，那一身塔夫綢喪服刻劃出他的不真實，他再一次看到侯爵的眼睛閃爍著那天生猶疑的光芒。

「帶她離開那裡。」亞雷魯西歐對他說。

「我看見她走進那棟遁世修女居住的樓閣剎那，心中就是這麼希望。」侯爵說。「可是我感覺我的力量太薄弱，無法違背上帝的旨意。」

「那麼請抱著您的遺憾吧。」亞雷魯西歐說。「或許上帝有一天會感謝您。」

這一晚，侯爵請求覲見主教。他親筆寫了一封信，字句不通，字跡像孩童，然後親自交給門房，確保信會送到目的地。

禮拜一，主教接獲通知，希娃．瑪莉亞已經準備好接受驅魔儀式。他剛在黃色風鈴草露臺上用完午茶點心，沒有太在意這封信。他吃得不多，可是動作慢條斯理，驅魔儀式可能會拖上三個小時。卡耶塔諾．德勞拉神父坐在他的對面，他以做作的音調和帶點誇張的方式為他唸信，他根據自己的喜好和條件挑選的書籍也符合這兩種氣質。

這間老舊的宮殿對主教來說實在過大，他只需要一間會客廳、一間臥室，以及一個露臺，供他在雨季來臨前睡午覺和吃飯就夠了。卡耶塔諾．德勞拉神父在對面的副翼建立了一間官方圖書館，經過他的細心管理和慢慢豐富的藏書，讓這裡成為當時西印度群島最好的圖書館之一。這座建築物的其他部分還有十一間深鎖的房間，兩個世紀以來裡頭已經堆滿瓦礫。

除了服侍吃飯的輪班修女外，卡耶塔諾·德勞拉神父是唯一能在用餐時間到主教住處的人，這不是如傳言說他享有特權，而是因為他擔任朗讀的高位。朗讀不是一個確定的工作，也沒有如同圖書館員的頭銜，但是跟在主教身邊讓他被視作代理人，沒有人知道他曾背著主教做過重要的決定。他在相鄰的屋子裡有一間個人房，從屋內能直通宮殿，屋子裡另有主教管區工作人員的辦公室和房間，還有六位服侍主教家務的修女。然而他真正的家是圖書館，他每天在那裡工作和閱讀十四個小時，那邊也有張單人床，太睏時能睡上一覺。

這天下午相當反常，德勞拉神父在朗讀時好幾次出錯。最不可思議的是他不小心漏讀了一頁卻沒發現，而且還繼續讀下去。主教的目光從那副煉金術士的小小鏡片後觀察他，直到翻到下一頁。這時，主教打趣地打斷了他：

「你在想些什麼？」

德勞拉神父嚇一跳。

「應該是天氣太熱了吧。」他說。「為什麼這樣問？」

主教依舊盯著他的雙眼。「我相信不只是天氣熱。」他對他說。接著他用同樣的語氣再問一遍：「你剛才在想什麼？」

「想那個小女孩。」德勞拉神父說。

他沒有特別指是哪個小女孩，對他們來說，自從侯爵來訪過後，世界上就只剩那個小女孩。他們談了很多關於她的話題。他們一起重新看過著魔者的文獻和驅魔聖人的回憶錄。德勞拉神父嘆了一口氣：

「我夢到她。」

「你怎麼會夢到一個從沒看過的人？」主教問他。

「她是一個十二歲的白人女侯爵，她披著一頭長髮，就像王后戴著披肩。」他說。「難道還有其他樣貌？」

主教並沒有上天預知的能力，他也不相信奇蹟，也不鞭打自己。他的領土是這個世界。因此，他搖搖頭，不怎麼相信他的話，繼續吃他的午茶。德勞拉神父重新朗讀，這一次小心一點。主教吃完後，神父攙扶他坐到搖椅上。主教坐好之後開口：

「好吧，說說你的夢。」

那是個很簡單的夢。德勞拉神父夢見希娃．瑪莉亞坐在窗邊，窗外是一片覆蓋白雪的原野，她一顆接著一顆拔下膝上的葡萄吃掉。她每拔一顆，藤上立刻再長出一顆。在夢裡，小女孩顯然坐在無邊無際的窗邊好幾年，她努力想吃完葡萄，不過不急，因為她知道吃完最後一顆葡萄，就是死亡的來臨。

「最奇怪的是，」德勞拉神父說。「從那扇窗戶看到的是薩拉曼卡的原野，那個冬天連下了三天雪，害得羔羊都悶死了。」

主教聽了很感動。主教太熟知也太喜歡德勞拉神父，以至於沒能注意他夢中的謎。他欣賞神父優秀的才能與過人的資質，不論從轄區方面或是基於個人情感，他在他心中都有著牢不可破的地位。主教閉上雙眼，準備打個傍晚的三分鐘盹兒。

與此同時，德勞拉神父繼續坐在桌邊吃東西，接著他們會一起晚禱。

他還沒吃完，主教已經坐在搖椅上舒展筋骨，下了這輩子最重要的決定：

「你來負責這件事。」

他說出這句話，眼睛還沒睜開，接著發出獅子噴息的響聲。德勞拉神父吃完後，他換到花藤架下平常坐的安樂椅坐下來。這時主教睜開雙眼。

「你還沒回答我的話。」他對他說。

「我以為你只是說夢話。」德勞拉神父說。

「我現在醒著，讓我再說一遍。」主教說。「我把那孩子的健康託付給你了。」

「這是我接到的最怪異工作。」德勞拉神父說。

「你想拒絕？」

「親愛的主教，我不是驅魔師。」德勞拉神父說。「我沒有本領，沒受過訓練，也沒有相當知識，無法嘗試。而且，我們知道上帝派我走的是另外一條路。」

這倒是真的。透過主教斡旋，德勞拉神父已在候選人名單上，與其他兩人競爭梵蒂岡圖書館的西班牙猶太人基金的看管職。不過這是他們第一次觸及這個話題。他們兩個都知道。

「這就是非常重要的理由，」主教說。「處理好小女孩的案例，這會是我們欠缺的推力。」

德勞拉神父自覺笨拙，不了解女人。他認為女人天生具備一套獨特的判斷力，讓她們在面對現實世界的種種運氣，得以乘風破浪。一想到要接觸女人，即使是像希娃．瑪莉亞這般柔弱無依的小女孩，他還是掌心直冒冷汗。

「不行，閣下。」他下定決心說。「我覺得我辦不到。」

「你不僅辦得到。」主教回答他。「而且你擁有其他人十分欠缺的東西：影響力。」

這個詞的涵義太廣，並沒有一個最決定性的。然而主教並沒有逼他馬上接受，而給他一點時間考慮，這天是聖週開始的第一天，他等到懺悔儀式結束再給答覆。

「先去看那個小女孩。」他對他說。「仔細研究她的案例，再跟我討論。」

於是，卡耶塔諾．阿爾辛諾．德．艾斯皮里士．桑托．德勞拉．伊艾斯古德洛在三十六歲這年，踏進希娃．瑪莉亞的生命，也走進了這座城市的歷史。主教曾是薩拉曼卡神學院聲名遠播的神學教授，德勞拉是他的門生，也是當屆以最高榮譽畢業的學生。他相信他的父親是加爾西拉索．德．拉．維加的直系後代子孫，對這位祖先有一種近乎宗教狂熱的崇拜。他的母親是出身德蒙波斯省聖馬丁德洛巴城的土生白人，後來跟著父母移居西班牙。德勞拉不認為自己有她的任何特質，直到他來到新格拉納達總督轄區，才認出自己從她那裡繼承來的鄉愁。

卡塞雷．伊維士德斯主教第一次跟他在薩拉曼卡對談，便感覺眼前的學生是絕無僅有的、幾位能夠彰顯當代基督精神的人士。那是一個冷冽的二月早晨，從窗戶看得到外面是覆蓋白雪的原野，盡頭的河畔有一排白楊樹。這一幕冬季窗景化為夢中情境，往後一直如影隨形地跟著這位年輕神學家的餘生。

當然，他們談了書，主教不敢相信年紀輕輕的德勞拉博覽群書。他跟他談加爾西拉索。他的老師倒是向他承認不太認識他，不過記得這位詩人是個異教徒，作品提到上帝的時候不超過兩次。

「次數沒有那麼少。」德勞拉說，「不過這種狀況對文藝復興時期的忠誠天主教徒並不少見。」

在他第一次宣發永願那天，老師向他提議一同前去未知的領地猶加敦半島，他剛剛接受任命成為那邊的主教。對德勞拉來說，他對生活的認識來自書本，他的母親那廣大的世界只像個夢，永遠不會是他的世界。當他從雪堆裡挖出結凍的羔羊時，實在很難想像那螫人的燠熱、散不去腐肉惡臭，和冒著熱氣的沼澤。對主教來說，曾在非洲打仗的他，比較容易想像這一切。

「聽說我們的教士在西印度群島樂瘋了。」德勞拉說。

「還有人上吊呢。」主教說。「那是一個雞姦、偶像崇拜和食人習俗橫行的世界。」接著他不帶偏見地補充：

「就像是摩爾人的世界。」

可是他也想過這是那裡最吸引人的地方。一如在沙漠布道，只欠有能力戰士，強力推行基督文明的益處。然而，二十三歲的德勞拉認為他的人生道路已經確定，他忠於聖靈，聽從祂的指引。

「我這輩子夢想的是成為偉大的圖書館員。」他說。「這是我唯一能做的事。」

他參加了一個在托雷多職位的考試，這個職位能讓他朝夢想前進，他相信他能通過。但是他的老師不屈不撓。

「在猶加敦半島當圖書館員比較容易成為聖人，在托雷多頂多當個殉道者。」他對他說。

德勞拉一點毫不謙虛地回答：

「如果那是上帝的恩典，我願意當天使，放棄做聖人。」

他還沒好好考慮老師的邀約，已經接到派任托雷多的通知，最後他想要的反而是前往猶加敦半島。然而，他們從不曾踏上那裡的土地。他們經歷了七十天的險惡海象後，在向風海峽遇上船難，最後由一支殘破不堪的護航隊救上來，將他們丟在聖塔瑪麗亞拉安蒂瓜德爾達里恩。他們在這座城市待了一年多，癡等大帆船隊伍帶來的信件，一直到這片土地的教區主教驟逝，卡塞雷主教得以接受任命，暫時代理空出的職位。德勞拉從一艘載他們前往新目的地的小船上，遠眺烏拉巴灣壯觀的熱帶雨林，終於能體會母親為何總在托雷多陰沉的冬天深受鄉愁的折磨。璀璨的向晚、來自惡夢的鳥兒，以及紅樹林幽微的腐臭，像是來自一個他從未活過的過往不可思議的回憶。

「只有聖靈能如此巧妙安排，把我帶來母親的土地上。」他說。

十二年後，主教放棄了猶加敦半島夢。他已七十三歲，就要死於哮喘，他知道有生之年再也看不到薩拉曼卡下雪。就在希娃・瑪莉亞進修道院的這段日子，他決定了替學生鋪好前往羅馬的大道，就要退休。

第二天，卡耶塔諾・德勞拉神父來到聖塔克拉拉修道院。儘管天氣炎熱，他還是穿著一件粗羊毛長袍，他帶著聖水杯和一套器具，裡面有聖油以及與惡魔打仗的第一批武器。院長從未看過他，但是他的智慧和他的氣勢引起騷動，打破修道院的寧靜。清晨六點，院長在會客室接待神父，她訝異於他的年輕氣息，猶如殉道者的蒼白臉色，鏗鏘有力的嗓音，以及一綹謎般的白髮。但是所有特質都沒能讓她忘掉他是主教派來作戰的卒子。對德勞拉來說，他注意的反而只有吵鬧不休的公雞。

「明明只有六隻公雞，啼叫起來卻像有一百隻。」院長說。「而且有一隻豬竟開口說話，另一頭山羊生下三胞胎。」她認真地繼續說：「自從您的主教好心送來那個有毒的大禮後，一切就變成了這樣。」

同樣地，花園裡繁花怒放，院長認為這也是違反自然的警訊。當他們穿越花園時，院長要德勞拉注意有些花的大小和顏色不太真實，有些發出難以忍受的氣味。看她看來，日常生活的一切都有些超自然。德勞拉發覺他就快招架不住她說的每句話，於是趕緊磨尖他的武器。

「我們並沒有說小女孩著魔。」德勞拉說。「我們只說有理由這麼猜測。」

「我們親眼見證的足以證明是這樣沒錯。」院長說。

「請小心。」德勞拉說。「有時我們會把一些不懂的事歸咎給惡魔，卻沒思考我們不懂的可能是上帝的旨意。」

「我謹記聖托瑪斯說過的一句話，」院長說。「千萬別相信惡魔，即使說的是真話。」

二樓一片寧靜。一邊是一排空房間，白天時用大鎖鎖上，房間對著一排打開的窗戶，窗外是壯闊的大海。見習修女看似專心手中工作，事實上卻關注著前往監獄樓閣的院長和訪客的一舉一動。

希娃．瑪莉亞的牢房在走廊盡頭，走到那裡之前，他們先經過瑪汀娜．拉波德的牢房，這個女人曾經是修女，她因為拿刀殺害兩名同伴，將她們分屍，遭判處無期徒刑。她一直沒吐露動機。她已經關在這裡十一年，但是她最引人注目的不是她的犯案，而是不斷越獄失敗。她拒絕接受終生監禁其實跟當隱修女並沒有兩樣的說法，因此，她提出到遁世修女居住的樓閣當女僕來取代服刑。她的執念之深，簡直跟她的信仰一樣不可動搖，她渴望自由，就算再殺人也在所不惜。

德勞拉難耐好奇，竟天真地探頭往鐵欄杆窗戶窺探牢房裡面，瑪汀娜背對著他們。當她感受到視線，便轉身走向門邊，就在這一刻，德勞拉中了她的蠱。院長覺得擔心，將他拉離窗戶前。

「小心點。」她對他說。「那個女人什麼都做得出來。」

「這麼厲害？」德勞拉說。

「就是這麼厲害。」院長說。「如果是由我決定，她恐怕在很久以前就自由了。她是這間修道院的天大亂源。」

守衛修女打開希娃．瑪莉亞牢房剎那，一股腐臭的氣味從裡頭衝了出來。小女孩仰躺在沒有鋪床墊的石床上，雙手雙腳遭皮帶綁住。她似乎死了，但眼睛閃爍著大海的光芒。德勞拉看見她居然長得跟夢裡一模一樣，身體不禁顫抖，開始冒冷汗。他閉上眼睛，低聲禱告，拿出他所有信仰的力量，結束後，他總算重拾自制。

「就算這個可憐的女孩沒遭到任何惡魔附身，」他說。「待在這種環境，也會變成那樣。」

院長回答：「我們可沒這種本領。」她們已經盡力維持牢房的環境，可是希娃．瑪莉亞自己把這裡弄得髒亂不堪。

「我們要對抗的不是她，而是住在她體內的惡魔。」德勞拉說。

他走進牢房，踮著腳尖避開地面的污穢，他一邊拿著聖水帚噴灑牢房，一邊低聲唸著例行儀式的經文。院長惶恐地看著聖水在牆壁上的印漬。

「是血！」她尖叫。

德勞拉駁斥她這麼莽撞判斷。因為水是紅的不一定就是血，就算是血，也不一定跟惡魔有關。「想想這是個奇蹟，是上帝才有的力量，這樣比較公正。」他說。結果兩者都不是，因為石灰牆上的的水漬乾掉後不是紅色，而是刺眼的綠色。院長羞紅了臉。不只是聖塔克拉拉修道院修女，而是當代所有女性都遭禁止接受任何學校教育，但是她生長的家族，成員有傑出神學家也有偉大異教徒，她從非常年輕就開始在家裡學習經院哲學。

「至少，」她回答。「我們不能否認惡魔具有輕易改變血液顏色的力量。」

「當下提出疑問最有用。」德勞拉立刻回答，並直視她的眼睛。「請讀讀聖奧斯汀的著作。」

「我熟讀他的著作。」院長說。

「那麼請再讀一遍。」德勞拉說。

他在開始處理小女孩之前，用非常親切的語氣要守衛修女離開牢房。接著他用同樣的溫柔對院長說：

「請您也離開。」

「這樣的話，您可要負責。」她說。

「主教是最高領導。」他說。

「不需要提醒我。」院長說，接著她擺出諷刺的臉。「我們都知道您是上帝的主子。」

德勞拉對她的最後一句話笑了一下。他在床邊坐下來，像個醫生嚴謹地檢查小女孩。他還在發抖，不過不再冒汗了。

靠近一看，希娃．瑪莉亞身上有抓痕跟瘀青，皮膚跟皮帶摩擦的部分已經脫皮。但是叫人難忘的是腳踝的傷口，因為江湖醫生的三流醫術，已經紅腫化膿。

德勞拉一邊給她檢查，一邊解釋她被送來這裡不是要接受折磨，而是懷疑有個惡魔溜進她的身體，打算搶奪她的靈魂。他需要她幫忙釐清真相。不過她是否聽到他說話，聽懂這是個真心的請求，根本不得而知。

檢查完畢，德勞拉要人送來醫藥箱，不過他不准藥師修女進來。他在傷口塗上藥膏，對著破皮的紅腫皮膚吹氣，好減輕她的疼痛，他對小女孩的忍痛力由衷佩服。希娃．瑪莉亞對他問的話不理不睬，對他的解釋無動於衷，甚至沒發出半點哀聲。

德勞拉對這個開頭很感沮喪，甚至回到圖書館寧靜的氛圍都還耿耿於懷。這裡是主教住處最寬廣的空間，裡頭沒有窗戶，牆壁覆蓋一排桃花心木玻璃櫃，櫃子架上有無數本藏書，擺放得整整齊齊。中央是一張大桌，桌上有航海地圖、星盤和其他航海器具，還有一個地球儀，隨著世界逐漸變大，球面上寫著歷任製圖師增加的補註和訂正。房間盡頭有一張粗糙的工作桌，桌面擺著墨水瓶、削筆刀、火雞羽毛筆、吸墨粉，以及一個插著一朵枯萎康乃馨的花瓶。整個空間籠罩在昏暗中，空氣瀰漫沉睡紙張的氣味，以及森林的清新和寧靜氣息。

廳堂盡頭一處比較狹窄的空間，擺著一座多層架，架子帶著粗糙的門片，是鎖上的。這兒是禁書的牢獄，一旦列入宗教裁判所的禁書目錄，都得鎖在這兒，因為都是「褻瀆神明和杜撰的讀物，是虛構的故事」。除了卡耶塔諾．德勞拉，沒有人能接觸架上的書，他獲得主教的特許，目的是研究引人入歧途的文字那深不可測的黑暗。

這個多年來的寧靜避風港，在認識希娃．瑪莉亞之後卻變成他的地獄。他無法再跟朋友、教士和俗人見面，分享他們對於單純理念的快樂，參加他們舉辦的經院哲學比賽、文學競賽和音樂晚會。他把熱情投注在破除惡魔的花言巧語，他花五天五夜的時間閱讀和反省，然後才又再回修道院。禮拜一，當主教看見他踩著堅定的步伐出現，便問他是否還好。

「我就好比擁有聖靈的翅膀。」德勞拉說。

他穿上了粗棉袍，看起來如同樵夫精神飽滿，他的靈魂披上戰袍，擊退了沮喪。這是他需要的。守衛修女看到他打招呼，只是咕噥一聲回應，希娃・瑪莉亞見到他則是眉頭深鎖，此外，牢房裡滿地的餿水和糞便，簡直叫人透不過氣來。聖壇上的聖體燈旁，擺著當天沒動過的午餐。德勞拉拿起盤子，舀一匙黑豆餵小女孩吃，豆子上覆蓋的一層奶油已經凝結。她別開頭。他又試了好幾次，她的反應都一樣。於是德勞拉把那匙豆子放進嘴裡，嚐了嚐，毫不掩飾臉上的作嘔，沒有咀嚼就直接吞下。

「妳是對的。」他對她說。「這真是太難吃了。」

小女孩根本沒注意他說什麼。他替她治療紅腫的腳踝時，她的身體抖了一下，眼眶迸出淚水。他以為她痛得受不了，便扮演溫柔的牧羊人輕聲安慰她，最後他大膽地鬆開皮帶，好讓她飽受折磨的身體能休息一下。小女孩伸縮手指好幾次，想感覺那還是不是自己的，接著伸展被綁得發麻的雙腿。這時，她第一次看著德勞拉，評估他，測量他，然後像隻猛獸精準地跳到他身上。守衛修女過來幫忙制伏她，將她綁起來。離開牢房前，德勞拉從口袋拿出一串檀木念珠，掛在希娃·瑪莉亞那幾串神明項鍊上面。

主教看見他頂著一張花臉回來，手上還有個光看就痛的咬傷，不禁嚇了一大跳。但是最讓他嚇得魂不附體的是德勞拉的反應，他竟然炫耀他的傷口，當那是戰利品似的，還開玩笑地說自己有可能得狂犬病。然而，主教的醫生幫他仔細治療，那表情就像是唯恐下禮拜一的日食可能是大災難前兆的人。

然而，殺人犯瑪汀娜·拉波德卻沒有感受到希娃·瑪莉亞的敵意。她躡手躡腳，假裝是碰巧溜進她的牢房，看見她雙手雙腳被綁在床上。小女孩心生警戒，警覺地盯著她看，直到瑪汀娜·拉波德對她露出微笑。於是她也回以微笑，全然地放下防備。彷彿朵蜜嘉的靈魂充滿了整間牢房。

瑪汀娜告訴小女孩她是誰，為什麼下半輩子要待在這裡，還有她再怎麼解釋，連嗓子都說啞了，還是沒人相信她的清白。當她問希娃·瑪莉亞關在這裡的原因，小女孩僅能照說從她的驅魔師那邊聽來的說法：

「我的身體裡有惡魔。」

瑪汀娜不再問下去，她以為她說謊，或者有人騙她，卻不知道自己是少數幾個聽到她說實話的白人。她向小女孩展示她的刺繡功夫，小女孩說她想試看看，央求她幫她鬆綁。瑪汀娜從長袍口袋拿出剪刀和其他縫紉工具。

「妳要的只是我幫妳鬆綁，」她說。「可是我警告妳，別妄想傷害我，否則我一定殺掉妳。」

希娃．瑪莉亞毫不懷疑她絕對說到做到。鬆綁後，她很快就學會刺繡技巧，就像憑著敏銳的聽力輕鬆地學會拉大魯特琴。離開前，瑪汀娜保證她會爭取核准，下禮拜一帶她一起去看日全食。

禮拜五破曉，燕子在天空繞了一大圈後飛走了，撒落的青色糞便像一層白雪覆蓋了街道和屋頂。沖天的臭氣，叫人食不下嚥，睡不著覺，一直到正午的烈陽曬乾鳥糞，和夜間的微風淨化了空氣。可是恐懼蔓延開來。不管是燕子在半空拉屎，還是糞便的惡臭干擾生活，都是前所未聞的怪事。

當然，修道院內每個人都相信希娃．瑪莉亞有絕大的力量，足以打亂燕子遷徙的法則。禮拜日的彌撒結束後，德勞拉提著一小籃外面門廊上兜售的點心，走過花園，他從嚴肅的氛圍嗅到了。希娃．瑪莉亞冷眼旁觀這一切，她還掛著念珠，不過依舊不回應他的問好，連看都不看他一眼。他在她身邊坐下來，喜孜孜地嚼著籃子裡的奶油麵包，張著滿是食物的嘴說：

「這可真是人間美味啊。」

他把另外半個奶油麵包遞到希娃．瑪莉亞的嘴邊。她避開了，不過這次不像之前轉頭面向牆壁，而是對德勞拉指著守衛修女正在監視他們。於是他朝門口用力地揮揮手：

「別站在那裡。」他下令。

等修女走開後，小女孩開始吃那半個麵包，想填飽餓過頭的肚子，但一咬就吐掉。「是燕子的大便味才對。」她說。然而，她的心情改變了。她不再抗拒治療背部灼痛的破皮傷口，當她發現德勞拉有一隻手纏著繃帶，終於第一次正眼看他。她一臉不可能假裝的天真，問他的手怎麼了。

「有隻尾巴超過一公尺的小狗生氣地咬了我一口。」德勞拉說。

希娃．瑪莉亞想看傷口。德勞拉拆掉繃帶，她只敢用食指輕輕地碰觸那一圈紫紅色的紅腫，彷彿那是焰火，接著第一次露出笑容。

「我比瘟疫還邪惡。」她說。

德勞拉沒根據福音書來回答，反而引用詩人加爾西拉索的詩句：

「你可以對能承受的人做這件事。」

德勞拉滿腔沸騰的情緒，他發現他的人生發生了某個重要和無法改變的影響。他離開牢房時，守衛修女提醒他院長禁止攜帶外面的食物，因為可能有人會在食物下毒，這是修道院在圍城期間發生的真實事件。德勞拉騙她說，他帶的一籃食物是經過主教的允許，並正式提出抗議，這座修道院以廚藝精湛聞名，囚犯的伙食卻這麼差勁。

晚餐時，他精神抖擻，為主教朗讀。他一如往常陪伴他晚禱，禱告時閉上眼，卻是為了好好思念希娃．瑪莉亞。他比平常還早回到圖書館，他想著她，可是越是想，越是渴望繼續想下去。他大聲吟誦加爾西拉索的愛情十四行詩，懷疑每一句都隱藏著跟他的人生有關的預兆，不禁嚇了一跳。他無法成眠。黎明時分，他趴在書桌前，額頭壓在一本還沒讀的書上。當他終於沉沉睡去之際，他聽見了隔壁的聖祠傳來新的一天的三個早禱儀式。「願上帝保佑妳，眾天使的女奴瑪莉亞。」他在睡夢中呢喃。突然間，他聽到自己的聲音驚醒過來，看見希娃．瑪莉亞身穿囚服，火紅的頭髮披散在肩上，她換掉大桌上花瓶枯萎的康乃馨，插上一束剛綻放的梔子花。德勞拉用熱情的語調對著她吟誦加爾西拉索的詩：「我為妳而生，我為妳重生，為妳而死，為妳而亡。」希娃．瑪莉亞沒有看他，嘴邊勾勒一抹微笑。他閉上眼睛想確定這不是幻影。當他睜開眼，方才的畫面已經消失，可是留下圖書館滿室瀰漫的梔子花香。

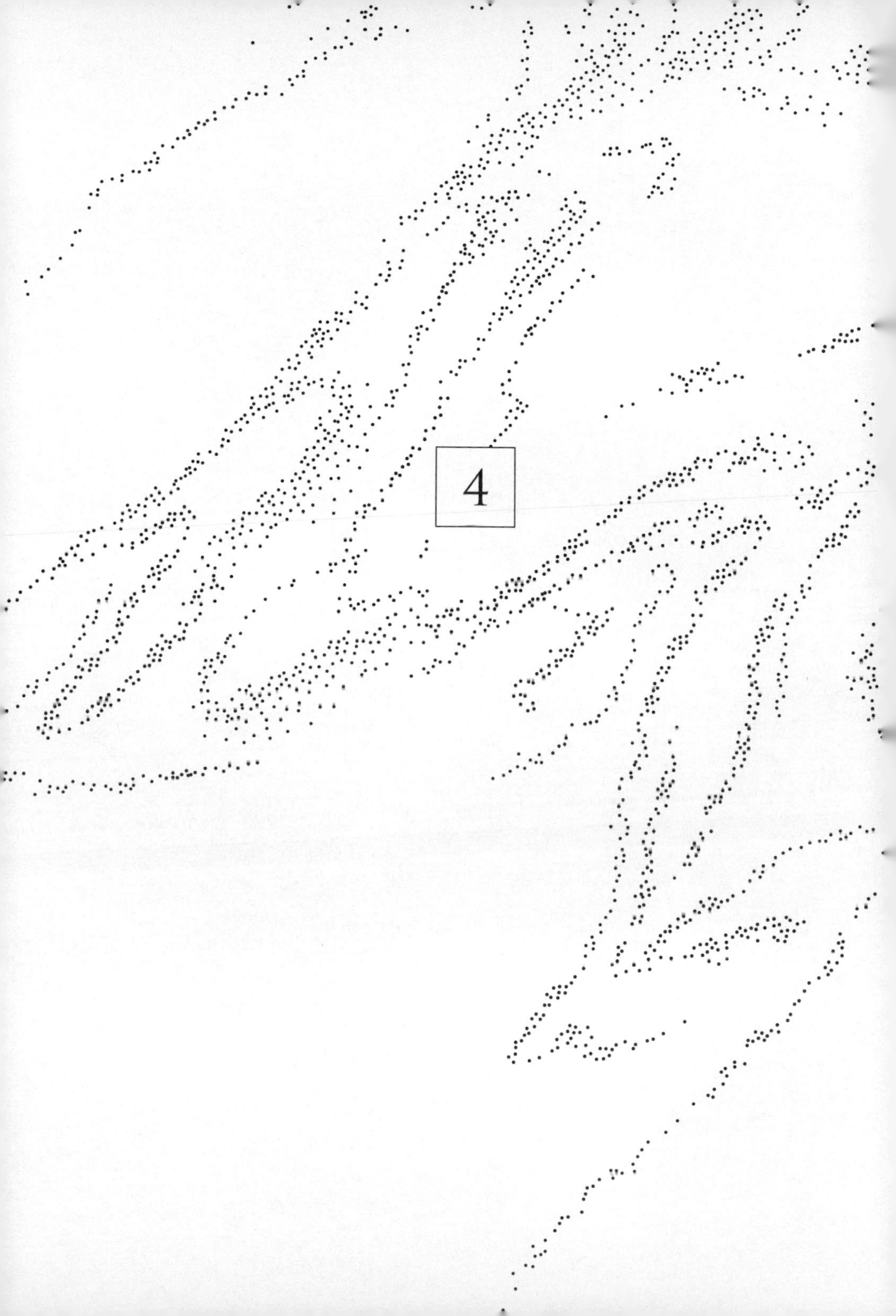
4

卡耶塔諾·德勞拉神父受主教之邀，到黃色風鈴草藤架下等候日食出現，整棟屋子，就只有這兒能遠望海洋和連成一片的天空。海面上北方塘鵝展開翅膀，靜止在空中的剎那像是在飛翔中死去。主教躺在吊床裡，吊床用纜繩綁在兩根柱子間，他剛午睡醒來，拿著扇子緩緩地搧風。德勞拉坐在他旁邊的柳條搖椅上搖晃著。他們倆心情愉悅，一邊吸飲羅望子汁，一邊凝視屋頂上萬里無雲的廣闊天際。下午兩點剛過不久，天色開始暗下，母雞躲在架子上，天空同時繁星點點。一股超乎自然的哆嗦竄過了世界。主教聽見慢一步的鴿子正拍著翅膀摸黑尋找鴿舍。

「上帝是偉大的。」他嘆口氣。「連動物都能感覺到。」

值班修女送來一盞油燈，和幾片看太陽的黑玻璃。主教在吊床上坐直身子，拿起玻璃開始觀察日食。

「要用單眼看。」他說，試著控制喘息聲。「要不然，兩隻眼睛都可能瞎掉。」

德勞拉一直把玻璃拿在手上，沒舉起來看日食。兩人安靜了好一會兒，主教在昏暗中打量他，看見他的雙眼閃爍著光芒，對這個神秘的偽造黑夜完全不感興趣。

「你在想什麼？」他問。

德勞拉沒有回答。他凝視著太陽，它看起來就像是縮了水的月亮，即使隔著黑玻璃，他還是覺得眼睛刺痛。但是他繼續凝視。

「你還在想那個小女孩。」主教說。

德勞拉嚇了一跳，不過不奇怪，主教的第六感一向很準。「我在想平民百姓可能會把生活遭逢的不幸怪罪這一次的日食。」他說。主教搖搖頭，他還是目不轉睛地看著天空。

「誰知道呢？說不定他們說得對。」他說。「要解讀上帝的牌絕非易事。」

「亞述的天文學家早在幾千年前就計算出這個現象了。」德勞拉說。

「那是耶穌會教士的結論。」主教說。

德勞拉繼續看著太陽，一個分心卻忘記使用玻璃。下午兩點十二分，太陽變成一個黑色圓盤，形狀完美，一瞬間，大白天變成半夜。接著日食消失，太陽露臉，公雞以為是天亮開始啼叫。德勞拉停止觀看後，那輪火球還殘留在他的眼底。

「我還看得到日食呢。」他打趣地說。「我看到哪兒，它就跟到哪兒。」

主教結束這場觀賞活動。「過幾個小時，殘影就會消失。」他說。他坐在吊床上伸懶腰、打呵欠，並感謝上帝讓白天重回大地。

德勞拉沒忘記他剛才說的話。

「敬愛的神父，」他說。「我認為那個小女孩並不是遭惡魔附身。」

這一次主教可真的覺得不妙了。

「怎麼說？」

「我認為她只是嚇壞了。」德勞拉說。

「我們有多如牛毛的證據。」主教說。「難道你還沒讀那些日誌？」

當然讀過。德勞拉徹底研究了一番，只是上面寫的只能知道院長的想法，無助於了解希娃．瑪莉亞的狀況。她們舉辦驅魔儀式，淨化小女孩來到修道院那天早上去過的地方和碰過的東西。凡跟她接觸的人得進行禁食和淨身。第一天搶她戒指的見習修女遭處以在果園從事勞務。據傳小女孩親手宰殺了一頭羊，不僅開心地肢解羊屍，還高興地吃掉加了調味料的羊睪丸和眼珠。她誇耀她的語言天分，她能跟所有不同國家的黑奴溝通，比他們彼此之間的溝通還要暢通無阻，或者她也能跟所有不同種類的動物說話。她抵達後隔天，從二十年前開始就妝點著花園的十一隻金剛鸚鵡竟然全數莫名其妙暴斃，天亮後被發現死在籠子裡。她用不屬於自己的嗓音，高唱邪惡的歌曲蠱惑一干奴僕。當她知道院長要找她後，她就開始隱身，只讓院長看不到。

「不過，」德勞拉說。「我想我們所認為的那些邪惡，不過是黑奴的習俗，這都是因為雙親放任不管，小女孩才跟著他們學會的。」

「小心呀！」主教警告他。「惡魔善於操弄的是我們的智慧，而不是我們的錯誤。」

「那麼我們對一個健康的小女孩驅魔，豈不就是送惡魔一個大禮？」德勞拉說。

主教生氣了。

「我該認為你這是在忤逆嗎？」

「您該認為我心存疑惑，敬愛的神父。」德勞拉說。「但是我以絕對的謙卑服從您。」

他並沒有說服主教，就這樣，他回到修道院。他的左眼戴著眼罩，那是他的醫生要他戴上的，並要他一直戴到眼底的殘影消失為止。當他走過花園和通往監獄閣樓的長廊時，他感覺目光緊緊跟隨他，可是沒人敢開口跟他說話。整座修道院籠罩著一種氛圍，像是正從日食後恢復。

守衛修女打開希娃．瑪莉亞的牢房剎那，德勞拉感覺胸腔的心臟就要爆裂開來，差一點軟腳。他想試探小女孩這天早上的心情，於是他問她有沒有看過日食。事實上，她從露臺上看到了。她不懂的是他為什麼需要戴眼罩，她沒有任何保護措施，直視太陽卻沒事。她告訴他修女們都跪著看日食，整座修道院彷彿靜止了，一直到公雞開始啼叫那刻為止。但是她一點也不覺得這一切看起來像是其他世界。

「我看到的就是每天晚上看到的呀。」她說。

德勞拉感覺她變了，可是他說不上來是什麼，比較明顯的是她有些悲傷的情緒。他沒猜錯。開始治療傷口後，小女孩就睜著憂愁的眼睛，用顫抖的聲音對他說：

「我快死了。」

德勞拉感覺發抖。

「是誰說的？」

「瑪汀娜。」她說。

「妳見過她？」

小女孩告訴他，她來過她的牢房兩次，教她刺繡，她們也一起觀看日食。她說，她是個溫和的好女人，院長准許她在露臺教刺繡，從那裡可以欣賞海上的日落。

「嗯，」他眼睛眨也不眨地說。「那她有說妳什麼時候會死？」

小女孩點點頭，她緊咬著嘴唇，以免哭出來。

「日食以後。」她說。

「日食以後，那可能要再過上一百年呀。」德勞拉說。

可是他得逼自己專心治療傷口，以免她發現他的喉嚨緊緊的。希娃．瑪莉亞沒再多說什麼。他發現她的沉默，好奇地抬起頭再看她，卻看到她淚眼朦朧。

「我害怕。」她說。

她倒在床上，發出淒慘的哭聲。他坐得再靠近一點，像個神父聆聽懺悔者告解時那樣安慰她。這時希娃．瑪莉亞才知道德勞拉是來幫她驅魔，不是治病。

「那您為什麼要幫我治療傷口？」她問。

他發現自己的聲音顫抖。

「因為我非常喜歡妳。」

她對他的大膽沒什麼感覺。

德勞拉離開時，順道去一趟瑪汀娜的牢房。這是他第一次近看她，她的皮膚淨是天花的疤痕，頭頂沒有半根毛髮，鼻子太大，有一口老鼠的尖牙，可是瞬間就能強烈感受到她誘惑人的力量。德勞拉只敢站在門口跟她說話。

「那個小女孩害怕的東西夠多了。」他說。「請求您別再嚇她。」

瑪汀娜錯愕不已。她從來不曾跟人預告死期，更不用說是這樣一個天真可愛的小女孩。她只是關心小女孩的狀況，然而從三、四句的回答裡，瑪汀娜就發現她習慣撒謊。德勞拉從瑪汀娜的嚴肅中，明白了希娃・瑪莉亞也對他說謊。他為自己的莽撞道歉，並求她別跟小女孩提起這件事。

「我會清楚知道該做什麼。」他下結論。

這時瑪汀娜開始迷惑他。「我知道閣下是誰。」她說。「我也知道您向來很清楚自己該做什麼。」可是德勞拉卻感覺自己一邊的翅膀受傷了，他確定希娃・瑪莉亞根本不用旁人威嚇，自己就能在牢房的孤獨中滋生對死亡的滿心恐懼。

那一個禮拜，荷西芳・米蘭達修女院長親筆撰寫一封滿是抱怨和請求的報告給主教。她要求免除聖塔克拉拉修女監護希娃・瑪莉亞的責任，她認為修道院早已洗清罪過，不該再承擔這遲來的懲罰。她重列了一張清單，細數記在日誌上的嚴重事件，申明唯一的解釋是可恥的惡魔寄生在小女孩的身上。最後她憤怒地舉發卡耶塔諾．德勞拉神父的傲慢、放肆的思想，和對她私懷怨恨，此外罔顧院規，恣意攜帶食物進入修道院。

德勞拉一回來，主教就把那封報告拿給他，德勞拉站著讀完，臉上沒有一絲表情。讀完後他怒火中燒。

「如果真的有遭各種惡魔附身的人，那個人一定就是荷西芳．米蘭達。」他說。「仇恨的惡魔，沒度量的惡魔，愚蠢的惡魔。這個女人真是壞透了！」

主教很詫異竟會聽到他的一番毒辣批評。德勞拉發現了，試著用比較冷靜的口吻解釋。

「我的意思是，」他說。「她太信服於邪惡的力量，簡直是惡魔的信徒了。」

「礙於職位，我不能贊同你的話。」主教說。「但我個人是贊同的。」

他斥責他可能踰矩，告訴他那是院長致命的性格，要求他拿出耐心。「福音書上多得是像她這樣的女人，有些還有更嚴重的缺點。」他說。「然而，耶穌讚許她們。」他無法再繼續談下去，因為一聲響雷震動了整棟屋子，接著竄向海面，如《聖經》上提到的暴雨將他們跟世界隔離。主教躺回搖椅，沉溺在思鄉的情緒。

「我們離得可真遠哪！」他嘆口氣。

「離哪裡遠？」

「離我們自己。」主教說。「你認為一個人要花一年時間明白自己是孤兒，是公平的嗎？」他沒聽到回答，便繼續抒發他的思念之情。「我一想到現在西班牙已天黑，大家都睡了，內心就非常恐慌。」

「我們不能阻止地球自轉。」德勞拉說。

「但是我們可以選擇忘記，逃避痛苦。」主教說。「伽利略缺少的不只是信仰，還有一顆心。」

德勞拉明白，主教突然老化之後，總在悲傷的雨夜深受這類折磨。他能做的只有幫他擺脫沉重的心情，直到睡意來襲。

月底，來了一封公告宣布新總督羅德里戈・德・本・洛薩諾前往聖塔菲上任前，即將途經這裡訪問。他帶著一團隨行人員，有法官、公務人員、僕人和個人醫生，此外還有女王贈與的一支弦樂四重奏樂團，讓他打發在西印度群島的無聊時光。總督夫人跟院長有一層親戚關係，她要求投宿修道院。

石灰牆修補的氣味、焦油的熱氣、折磨人的鎚擊聲、各式各樣的人聲怒罵，傳遍整座修道院，甚至傳到內院。希娃・瑪莉亞在這一片忙碌中遭到遺忘。其中發生扶手倒塌意外，隨著巨大的轟響，一名水泥匠喪命，另外還有七名工人受傷。院長把這次慘劇怪罪在希娃・瑪莉亞遭受詛咒的命運，趁機要求把她送到其他的修道院，直到這次的忙亂結束為止。而她主要的理由是：總督夫人跟一個妖魔附身的人離得太近實在不妥。但是主教沒有回應她的請求。

羅德里戈・德・本・洛薩諾是阿斯圖里亞斯人，縱使上了年紀，依舊英俊瀟灑，他是巴斯克回力球冠軍，獵山鶉的技術也無人能及，種種本領彌補了他跟夫人二十二歲的年紀距離。他大笑的時候總是賣力抖個不停，即使是在嘲弄自己的時候，也不會錯過展現自我的機會。自從他抵達加勒比海，第一次感受海風吹拂，聽見隨風而來的夜間鼓聲，和夾帶的熟透番石榴的香氣，便換下一身春裝，袒胸走在一群群聊天的女士之間。他登岸時，只穿著一件襯衫，沒有發表演說，也省去禮炮歡迎儀式。當地為了向他表達敬意，仍安排了主教所禁止的方丹戈、本特和昆比亞音樂表演，以及在空地舉辦鬥牛和鬥雞活動。

總督夫人只是個青春少女，她個性活潑，有些任性，像陣帶來新氣息的狂風席捲了修道院。她搜遍每個角落，問盡所有問題，對每樣東西都有想改善的意見。她在修道院探險一圈後，就像個躍躍欲試的新手想大刀闊斧改造一番。因此，院長謹慎考慮後認為，別讓她對監獄留下不好的印象才是上策。

「沒必要。」她對總督夫人說。「裡面只關著兩名囚犯，一個還被惡魔附身。」

她這麼一說，反倒勾起了總督夫人的興趣。這下子，再跟她說什麼牢房還沒整修或囚犯還沒接受警告，都沒用了。當牢房的門一打開，瑪汀娜·拉波德立刻撲到她的腳邊，苦苦哀求原諒。

她曾經越獄兩次，一次失敗，一次成功，想要得到原諒似乎沒那麼容易。第一次是六年前，她跟著其他三名因為不同原因被判處不同罪名的修女，企圖從望海的露臺逃走。她們其中一人成功越獄。修道院就是在這次事件之後封窗，加強露臺下方庭院的防禦。隔一年，她們三個綑綁當時睡在監獄閣樓的守衛修女，從僕人進出的小門逃跑。瑪汀娜的家人聽從懺悔神父的勸解，把瑪汀娜送回修道院。接下來漫長的四年，她是監獄的唯一囚犯，她被剝奪到會客室接受探訪的機會，也不能到禮拜堂參加主日彌撒。因此，請求原諒似乎是不可能的。然而，總督夫人保證會在夫婿面前說情。

希娃·瑪莉亞的牢房還彌漫著生石灰的臭味和焦油的怪味，不過環境已經翻新。當守衛修女打開牢房的門，總督夫人立刻感到一股冰涼的空氣撲來，愣了半晌。希娃・瑪莉亞坐在一個角落，她身穿一件破舊的囚服，腳上一雙骯髒的套鞋，就著光線慢慢做針線活。她直到聽見總督夫人開口打招呼，才抬起頭。夫人發現她的眼底有種難以抗拒的宗教啟示力量。「老天哪。」她喃喃地說，接著往前一步，踏進牢房。

「請小心。」院長在她耳邊說。「她跟母老虎一樣兇悍。」院長抓住她的手。總督夫人沒再往前走，可是她光是看著希娃・瑪莉亞，就想救贖她。

這座城市的市長單身，喜歡拈花惹草，他招待總督前往一場只有男人參加的午餐。在這場飯局，有西班牙弦樂四重奏樂團、聖哈辛托的風笛隊和鼓隊演奏，還有一場群舞，和一段黑奴模仿白人跳舞的粗俗笑劇。最後，廳堂盡頭的一面布幕拉開，出現一名衣索比亞女奴，那可是市長用等同女奴體重的黃金買來的。她穿著一襲若隱若現的長袍，隨時有走光的危險。她近前讓在場的一般賓客欣賞，接著駐足在總督前面，這時長袍從她的身體滑落到腳邊。

女奴的完美體態叫人屏息。那肩膀沒有奴隸走私販的銀器烙印，背部也沒有第一任主人名字的開頭字母，她從頭到腳發出一股神秘的氣息。總督臉色刷白，深吸一口氣，揮揮手，把難以抗拒的畫面從腦海消除。

「看在上帝分上，快帶走她。」他下令。「我這輩子都不想再看到她一眼。」

或許是為了報復市長的輕浮，總督夫人打算在院長的私人飯廳中舉辦的招待晚宴上，向眾人介紹希娃．瑪莉亞。瑪汀娜．拉波德警告她們：「只要別拿走她的項鍊和手環，她就會乖乖聽話。」就這樣。她們給她穿上到修道院來的那天所穿的祖母洋裝，替她清洗、梳理一頭披散的頭髮，讓她能好好地拖在背後，總督夫人牽著她的手走到丈夫的桌子旁。這一刻院長也訝異於她的優雅、她的氣質，和那一頭雲瀑般的長髮。總督夫人在丈夫的耳邊低喃：

「這是被惡魔附身的女孩。」

總督不相信。他曾在布哥斯看過一名中邪發狂的女子，她整整一夜不停地拉屎，直到糞便溢出房間。他試著幫忙希娃．瑪莉亞，把她託付給他的醫生，以免她淪落同樣的命運。他的醫生確診她沒有狂犬病症狀，跟亞雷魯西歐一樣說她不太可能感染。然而，沒人敢說她沒有遭惡魔附身。

主教趁這次的餐宴思索院長的報告和希娃．瑪莉亞的近況。卡耶塔諾．德勞拉神父則試著在驅魔儀式前進行淨身儀式，他帶著木薯餅和清水關在圖書館裡。他沒成功。他每晚神智不清，白天也不午睡，淨寫一些放蕩的詩句，唯有如此他才能平息身體的渴望。

將近一個世紀後，當拆毀圖書館時，有人在一份幾乎無法辨識的卷宗裡，發現他部分的詩句。第一首能完整辨識的詩，寫的是他十二歲那年的回憶：春天的天空飄著細雨，他在阿維拉神學院的石板地院子裡，坐在行李箱上。他剛從托雷多騎了好幾天的騾子抵達，身上穿著依照他的尺寸修改的父親的西裝，那只行李箱有他的兩倍多重，因為母親往裡面盡可能地塞滿了一切需要用到的物品，好讓他能在見習期間體面地過日子。守門人幫他把行李箱放在後院中央，然後把他丟在那裡淋雨。

「自個兒把行李箱搬到三樓。」守門人告訴他。「到了那裡，有人會指引你的床位在宿舍的哪裡。」

一瞬間，整座神學院的人全都擠在面向院子的陽臺上，看他要怎麼處理那只行李箱，他變成一齣戲劇的唯一主角，卻只有他自己置身事外。當他明白沒人能幫忙後，他只得把東西從行李箱拿出來，抱著踩上一座陡峭的石頭樓梯爬到三樓。見習生宿舍有兩排床鋪，輔導老師指出他的床位是哪一個。德勞拉把東西放在床上，回到院子，又爬了四趟才把東西搬完。最後他拉住手把，拖著空行李箱爬上樓梯。

老師和學生只站在陽臺看著，當他經過每層樓時也都沒人回頭看他。當他拖著空行李箱爬到三樓時，神父校長站在樓梯平臺等他，替他鼓掌，其他人也跟著鼓掌和歡呼。這時，德勞拉知道他通過了神學院的入學儀式，也就是不能多問、不能要求幫助，只能自己埋頭把行李箱搬上去。他反應機伶、性情溫和，以及個性果斷，被視為所有見習生的模範。

然而，最難以磨滅的回憶，是他那晚在校長室裡的談話。校長約談他，是為了他們在他行李箱發現的唯一一本書，那是他意外從父親的抽屜裡救回的書，而且已經脫線、缺頁，還沒了書皮。旅途的夜晚，他只要能讀就讀，他已經迫不及待想知道結局。神父校長想知道他的感想。

「等讀完我就會知道。」

校長露出如釋重負的微笑，把書鎖起來。

「你永遠不會知道。」他說。「這是禁書。」

二十四年過後，他在主教宮殿的昏暗圖書館內，發現多少到手的書，不管是不是禁書，他都讀過，唯獨那本例外。他心頭一顫，感覺自己完整的人生早在那一天就已經結束，另一段未知的人生已然開始。

當他正準備開始齋戒第八天的午後禱的時候，有人通知他，主教在大廳等他一起接待總督。這是個突如其來的拜訪，總督在第一回參觀城內時，突然臨時起意過來。他在花團錦簇的露臺上眺望屋頂，等候其他人緊急呼喚附近的官員前來，並稍稍地整理大廳。

主教跟參謀團六位教士一起接待總督。他讓卡耶塔諾．德勞拉神父坐他的右邊，只介紹他的全名，沒有提及頭銜。總督開口之前，帶著憐憫的目光看向斑駁的牆壁、破爛的窗簾、廉價的手工家具，和身穿粗布長袍、滿身大汗的教士。主教帶著受傷的驕傲說：「我們是木匠約瑟的子民。」總督做了個動作表示了解，開始細數他停留在這裡第一個禮拜的印象。他談起他不切實際的計畫，他打算等戰爭傷口癒合之後，增加跟英屬安地列斯的生意往來，他談到國家著手推廣教育的功績，談到鼓勵藝術和文學，讓殖民地與世界接軌。

「這是個全新的時代。」他說。

主教再一次證明掌握世俗的權力是多麼地簡單。他伸出食指，發抖地指著德勞拉，沒看他，直接對總督說：

「這位是卡耶塔諾神父，他負責不斷吸收新知。」

總督循著他的食指看過去，看到一張漠然的臉，和一對睜大的眼睛正定定地看著他。他似乎真的感到興趣，便問德勞拉：

「你讀過萊布尼茲作品嗎？」

「讀過，閣下。」德勞拉說，接著他指出：「這是我的工作。」

拜訪最後，總督表示他最關心的似乎是希娃．瑪莉亞的狀況。他解釋，這是為了小女孩著想，也為了院長的心靈能獲得平靜，她的痛苦實在令人不忍。

「我們還沒有確切的證據，但是根據修道院的日誌，那個可憐的孩子是遭到惡魔附身的。」主教說。「這件事院長比我們更清楚。」

「她認為你們掉進撒旦的陷阱。」總督說。

「不只我們，而是整個西班牙。」主教說。「我們橫渡海洋來到這裡，目的是要執行基督的法則，我們已從彌撒、宗教遊行和各種守護神紀念節日活動獲得成功，但是還沒能征服他們的靈魂。」

他談到猶加敦半島，那裡建了華麗的大教堂，意圖使異教的金字塔失色，卻沒發現原住民來參加彌撒，銀製的聖壇底下還藏著他們自己的聖祠。他談及自從征戰之後的人種混血：西班牙血統與印第安血統，除了這兩種，還有各種黑人血統，甚至包含曼丁哥族的穆斯林血統，他問自己上帝的領土是否容得下這樣的血統熔爐。主教的呼吸不順暢，加上年紀大了經常咳嗽，但仍決定不停頓地說下去，完全不給總督喘息的機會。

「這一切難道不都是惡魔的陷阱嗎？」

總督臉色丕變。

「閣下怎麼這麼沒信心。」他說。

「並不是這樣。」主教非常婉轉地說。「我想強調的是，我們需要信仰的力量，讓這裡的人值得我們付出犧牲。」

總督回到主題。

「就我所知，院長的顧慮是基於實際的理由。」他說。「她認為其他修道院更有條件接受這個棘手的案例。」

「閣下，請您明白我們毫不猶豫選擇了聖塔克拉拉修道院，是考慮荷西芳．米蘭達修女的正直、效率和威嚴。」

「請容我把這份讚賞轉告她。」總督說。

「她自己非常清楚這一點。」主教說。「我擔心的是，她為什麼不願意相信。」

說出這句話，主教感覺哮喘就要發作，於是想快點結束拜訪。他說他還沒處理院長送來的一份控訴的報告，他承諾等健康一好轉，立刻會以最高的熱誠解決。總督向他道謝，結束他個人的禮貌性拜訪。他其實也長期受哮喘所苦，所以他要他的醫生替主教看病。但是主教認為沒有必要。

「我的一切交在上帝的手中。」他說。「而且我已經活到聖母逝世的年紀了。」

他們的道別緩慢而隆重，不只是以問候結束。其中三名教士，包括德勞拉神父在內，默默地陪著總督走過淒涼的走廊，送他到大門口。總督的守衛隊拿著斧槍交叉成一面鐵網，替他擋開乞丐。總督爬上馬車前，回頭看著德勞拉，大動作指著他說：

「別讓我忘記你。」

這句話太突然，充滿謎團，德勞拉沒來得及反應，只以一個敬禮匆匆回應。

總督驅車前往修道院，準備告訴院長拜訪的成果。幾個小時後，他準備上馬離開，不管夫人再怎麼相逼，他依舊拒絕赦免瑪汀娜．拉波德，他認為赦免她，對於許多他曾在監獄遇過的忤逆人性的囚犯來說，會開啟不好的前例。

主教往前俯身，閉上眼睛，試著保持這個姿勢來減輕呼吸的喘息聲，一直到德勞拉回來。助手已經一個個躡手躡腳退了下去，大廳一片昏暗。主教環顧四周，只看見牆邊靠著一排空椅子，以及只剩德勞拉孤零零地待在大廳裡。他氣若游絲地問：

「我們可曾見過這麼好心的人嗎？」

德勞拉用模稜兩可的表情回答。主教吃力地支起身體，靠在搖椅的扶手上，直到呼吸恢復平順。他不想用晚餐。德勞拉趕緊點亮一盞油燈，替他照亮回寢室的路。

「我們對總督實在太壞了。」主教說。

「有什麼理由對他好？」德勞拉問。「他前來敲主教的大門，連正式的通知都沒有。」

主教不贊同他的說法，而且相當清楚讓他知道。「我的大門就是教堂的大門，他的行為跟從前的基督教徒一樣。」他說。「是我太無禮，都怪我的呼吸毛病，我只能想辦法彌補了。」這時他走到寢室門口，變換了語氣和話題，還親切地拍拍德勞拉的肩膀，跟他告別。

「請你今晚為我禱告。」他說。「我怕會是個相當漫長的夜晚。」

事實上，他在總督來訪時，便預感自己就要死於這次哮喘發作。他服用強效催吐劑和其他特效的緩和劑都無法減輕症狀，只能接受緊急的放血治療。天亮時，他恢復了精神。

德勞拉待在隔壁的圖書館，整夜忐忑不安，不知道寢室內的動靜。當他開始晨禱時，有人前來通知主教在他的寢室等他。他看見主教正在床上吃早餐，享受一杯熱巧克力搭配麵包和起司，呼吸的模樣像是肺部換了新的風箱，精神抖擻。德勞拉一看見他，就明白他已經做出決定。

就這樣，一切沒有如院長所願，希娃·瑪莉亞依然住在聖塔克拉拉修道院，德勞拉仍舊得到主教的信任，繼續處理她這個案例。希娃·瑪莉亞不必像之前那樣遵守監獄的規定，而是得以享有修道院修女的一般待遇。主教感謝修道院送來的日誌，可是因為內容不夠嚴謹、過程模糊，因此驅魔者應該按照自己的判斷來進行。最後，他下令德勞拉以他的名義前去拜訪侯爵，賦予他權力解決該解決的問題，至於他自己，等到健康情形許可，有時間就會接見侯爵。

「沒有其他的指示了。」主教說並結束談話。「願上帝保佑你。」

德勞拉捧著悸動的心，跑進了修道院，可是他沒在牢房裡找到希娃·瑪莉亞。她正在表演廳，穿戴滿身真正的珠寶，頭髮垂散到腳邊，以黑人優雅的尊貴，為總督隊伍的一名著名畫像師擺首弄姿。畫像家不但讚嘆她的美麗，也懾服於她的聰明。德勞拉心醉神迷。他沒引起注意，而是坐在陰影處欣賞她，他有得是時間掃除心頭的疑惑。

到了午後禱時間，畫像師結束工作。他隔著一段距離檢視畫作，再補上最後的兩、三筆，簽名之前，他要希娃·瑪莉亞過來看看。畫中的她栩栩如生，她站在一朵雲上，四周圍繞著臣服在她腳下的惡魔。她不疾不徐地欣賞，認出青春年華的自己。最後她開口：

「就像照鏡子。」

「惡魔呢？」畫像師問。

「也一樣。」她回答。

模特兒工作結束後，德勞拉送她回牢房。他從沒見過她走路的模樣，那步伐如同跳舞一般優雅輕快。他也沒看過她穿囚服以外的服裝，她穿上女王服後顯露出成熟與高貴，讓人注意到她已經長成一個女人。他們從沒一起走路，他喜歡這種相互陪伴的純真。

牢房的環境已經煥然一新，這要感謝總督夫婦舌粲蓮花，他們在臨別的拜訪，說服了院長接受主教善意的理由。床墊是新的，床單是亞麻布製，枕頭是羽毛填充，她們還增添一套日常個人衛生和盥洗用具。窗戶的十字花格已經拆下，從大海曬進來的陽光照亮剛粉刷了石灰泥的牆壁。既然伙食已換成跟修道院內的一樣，所以也沒有必要再帶外面的食物進來，不過德勞拉還是經常偷帶門廊上兜售的美食。

希娃·瑪莉亞邀請他分享下午的點心，德勞拉很開心地吃了一塊聖塔克拉拉修道院最享譽盛名的海綿蛋糕。正當他們享用時，她不經意地吐出一句話：

「我看過雪。」

德勞拉沒有嚇一跳。據傳，曾有個總督想從庇里牛斯山運來雪讓原住民大開眼界，但他不知道就在沿海的聖瑪爾塔的雪山上就有雪。或許新總督羅德里戈·德·本·洛薩諾有什麼新花招實現了這項壯舉也說不定。

「不是。」小女孩說。「是在夢裡看到的。」

她說出夢中情景：她坐在一扇窗前，窗外大雪紛飛，她的膝上有一串葡萄，她把一顆顆葡萄從綠藤上拔下來吃掉。德勞拉感覺恐懼襲來。他發抖著，害怕聽到即將到來的最後答案，但還是鼓起勇氣問：

「最後怎麼結束？」

「我不敢說。」希娃·瑪莉亞說。

他不需要再追問。他閉上眼睛，為她祈禱。當他結束後，他像換了個人。

「別擔心。」他對她說。「感謝聖靈，我保證妳很快就能獲得自由，過著快樂的日子。」

貝娜妲一直不知道希娃．瑪莉亞待在修道院。她是意外發現的，那一晚她撞見杜樂絲．奧利維亞正在打掃和整理屋子，以為自己看到幻影。她想找出合理的解釋，於是逐一搜索每個房間，就在中途她想起了許久沒有看到希娃．瑪莉亞。凱莉妲．寇布雷據實說出她所知道的部分：「侯爵大人跟我們說，她要去一個非常遙遠的地方，我們不會再見到她。」貝娜妲見丈夫的房間燈還亮著，所以沒敲門直接闖了進去。

他躺在吊床上毫無睡意，房內煙霧繚繞，小火燒著糞便驅蚊。他看見一個穿著絲質睡袍的怪異女人出現，也以為自己看到幽魂，因為她容貌改變，蒼白而憔悴，看上去像是從遠方風塵僕僕而來。貝娜妲跟他問起希娃．瑪莉亞。

「她已經不在我們身邊一段日子了。」他說。

她把這句話解讀成不好的意思，不得不找張最近的扶手椅，坐下來喘口氣。

「這句話的意思是，亞雷魯西歐已經做完他能做的事。」她說。

侯爵在胸前比畫十字：

「願上帝賜予我們自由。」

他告訴她真相。他小心翼翼解釋，他沒即時通知她，是因為他按照她的心願，當作她已經過世。貝娜妲眼睛眨也不眨地聽著，那份專注是十二年不幸的婚姻生活所不曾見過的。

「我知道這樣做我會沒命。」侯爵說。「但卻能換回她的性命。」

貝娜妲嘆了口氣說：「你的意思是，現在我們的家醜已經外揚。」她看見丈夫的眼中閃爍著淚光，心底升起一股顫抖。這一次不是因為死亡，而是篤定地知道該發生的事遲早會發生，怎麼也迴避不了。她沒錯。侯爵用盡最後的力氣爬下吊床，倒在她的面前，像個沒用的老頭子般發出粗啞的嗚咽聲。看見這個男人老淚縱橫的模樣，貝娜妲心軟了，那淚水濕透了她的絲質布料，順著她的大腿內側滑下去。她是那樣討厭希娃．瑪莉亞，但得知女兒還活著，老實說她還真是鬆了一口氣。

「我什麼都懂，就是不懂死亡。」她說。

她再一次把自己關在房間裡，只有蜂蜜和可可相伴，兩個禮拜後，當她出來的時候已經宛如行屍走肉。侯爵一大早就發現有人忙著準備旅行，但是他沒放在心上。在太陽曬熱大地之前，侯爵看見貝娜妲從後院的大門出去，她騎著一頭溫馴的騾子，後面跟著另一頭馱負行李。她曾經多次像這樣出門，沒帶趕騾人或奴隸，沒多做任何解釋，直接不告而別。但是侯爵知道她這一次不會再回來，因為除了跟往常一樣的行李箱之外，她還帶走兩罐滿滿的黃金，那是多年來她一直埋在床底下未曾動過的錢財。

侯爵懶洋洋地躺在吊床上，再一次害怕自己可能會被奴隸刺死，便禁止他們白天進到屋內。因此，當卡耶塔諾．德勞拉奉主教之命前去拜訪侯爵時，他得推開大門，不請而入，因為根本沒人來應門。籠子裡的獒犬不安地騷動，可是他繼續往前走。走到果園，他看見侯爵戴著頭巾和托雷多便帽，躺在吊床上睡午覺，他全身覆蓋一層橘子樹白花。德勞拉凝視他，但是沒吵醒他，他感覺看見了一個老年的、被寂寞碾得粉碎的希娃・瑪莉亞。侯爵醒了過來，他費了一番工夫才認出這個戴眼罩的人是誰。德勞拉舉起手，張開手指，示意他放心。

「侯爵大人，願上帝保佑您。」他說。「近來可好？」

「在這裡，」侯爵說。「我正在慢慢憔悴。」

他伸出憔悴的手，撥開午覺時結的蜘蛛網，然後坐了起來。德勞拉先替自己不請自來表示道歉。侯爵跟他解釋，他不再接待訪客，所以不會有人去應門。德勞拉用慎重的語氣說：「主教大人鎮日繁忙，又苦於哮喘折磨，所以派我代表前來拜訪。」他先解釋一番後，便在吊床旁邊坐下來，開門見山地說出悶在心底的疑問。

「我想通知您，我受託負責令嬡的精神健康。」他說。

侯爵向他道謝，並問她現在狀況如何。

「還不錯。」德勞拉說。「但是我想幫她變得更好。」

他跟侯爵解釋驅魔的意義跟方式。他跟他談到耶穌賜予門徒的力量，是如何將骯髒的魂魄趕出身體，治癒疾病和缺點。他告訴他福音書上的「群」和遭邪靈附身的兩千隻豬的故事。然而，最重要的是搞清楚希娃・瑪莉亞是否真的遭惡魔附身。他本身不相信，但需要侯爵幫忙消除疑慮。總之，他說，他想知道他的女兒在送進修道院之前的情形。

「我不知道。」侯爵說。「我覺得越是認識她，就越是不懂她。」

他相當痛苦，他怪罪自己將女兒丟在奴隸的院子裡自生自滅。她會不說話，可能長達好幾個月；她會有突然失去理性的粗暴行為，她滿腦子都是捉弄母親的詭計，例如把母親掛在她手腕的鈴鐺拿去掛在貓身上。想要認識她，最困難的一點就是她會隨興說謊。

「跟黑奴一樣。」德勞拉說。

「黑奴只對我們說謊，他們之間可不會說謊。」侯爵說。

德勞拉來到她的房間，一眼就看出哪些是祖母大量的雜物，哪些是希娃・瑪莉亞的新玩意兒：栩栩如生的娃娃、發條芭蕾舞伶玩具、音樂盒。她的床上還擺著侯爵帶她到修道院時的手提箱，完全沒動過。大魯特琴滿是灰塵，隨便棄置在一角。侯爵解釋那是一個不再使用的義大利樂器，並誇獎女兒有演奏樂器的天分。他開始心不在焉地給琴調音，調好後還不看琴譜演奏起來，高唱跟希娃．瑪莉亞一起唱過的那首歌。

這一瞬間透露了線索。德勞拉從音樂中知道了侯爵所沒能說出有關女兒的事。至於侯爵，他情緒太過激動，無法唱完歌曲。他嘆了口氣說：

「您可能無法想像她戴那頂帽子有多好看。」

德勞拉感染了他的情緒。

「我看得出來您相當愛她。」他對侯爵說。

「您可能無法想像有多愛啊。」侯爵說。「我願意用靈魂交換見她一面的機會。」

德勞拉再一次感受到聖靈沒有遺漏任何細節。

「這很簡單，」他說。「只要我們能證明她沒遭魔鬼附身。」

「請您跟亞雷魯西歐談談。」侯爵說。「他從頭到尾都堅持希娃是健康的，只有他能解釋一切。」

德勞拉猶豫不已。或許亞雷魯西歐能幫他一把，但是跟他談話可能會沾染不必要的一身腥。侯爵似乎看穿了他的想法。

「他是個偉大的人。」他說。

德勞拉點點頭，表情意味深長。

「我看過他在宗教裁判所的檔案。」他說。

「只要能讓她回到身邊，任何犧牲都不算什麼。」侯爵不死心地說。

他看德勞拉沒有任何表示，便下了結論：

「求求您，請您看在上帝的分上。」

德勞拉感覺心碎了，他對侯爵說：

「我求您別再讓我進退兩難。」

侯爵不再堅持。他拿起床上的手提箱，請求德勞拉轉交給他的女兒。

「至少讓她知道我是思念她的。」他對他說。

德勞拉落荒而逃，連聲道別都沒有。他用斗篷遮住手提箱，再包住自己，因為下著滂沱大雨。他過了半晌才發現，內心竟然不斷重複唱著那首大魯特琴演奏的歌曲的部分詞句。於是他頂著不斷打在身上的大雨高聲唱出，一直重複唱著，直到唱完為止。他抵達工匠居住的街區，在一間修道院左轉，嘴裡依然不斷唱著，然後他敲下亞雷魯西歐住處的大門。

安靜好一會兒之後，跛腳的腳步聲響起，伴著半夢半醒的聲音說：

「是誰？」

「是上帝的法！」德勞拉說。

他不想大聲報上名字，唯一想到的就是這樣稱呼自己。亞雷魯西歐打開大門，以為眼前的男子真的是政府人員，但是他認不得他是誰。「我是轄區的圖書館員。」德勞拉說。醫生站到一旁，讓他走進昏暗的門廳，並幫他脫下濕透的斗篷。醫生按照一貫的風格，用拉丁語問他：

「您是在哪場戰爭中失去一隻眼睛的？」

德勞拉用古典拉丁語回應是看日食發生的意外，接著鉅細靡遺地說傷害一時好不了，幸好主教的醫生向他保證戴眼罩能康復。不過亞雷魯西歐只注意他的拉丁語有多麼純正。

「真是太完美了。」他讚嘆。「您是哪裡人？」

「阿維拉人。」德勞拉說。

「那麼更是加分了。」亞雷魯西歐說。

醫生讓他脫掉長袍和涼鞋，幫他放好瀝乾，把他自己那件自由奴隸的斗篷拿來替他裹住他的連褲襪。接著，他摘下他的眼罩，丟進垃圾桶。「這隻眼睛唯一的問題，是看了不該看的東西。」他說。德勞拉的目光被客廳裡成堆的書籍吸引。亞雷魯西歐注意到了，於是他帶著他到藥房，那邊有更多書，擺在跟屋頂一樣高的書架上。

「聖靈啊！」德勞拉驚呼。「這簡直是佩脫拉克的圖書館吧。」

「比他的還多出兩百多本書。」亞雷魯西歐說。

醫生隨他好奇地翻閱。其中還有一些獨特的書籍，要是在西班牙擁有這些書，可能要付出坐牢的代價。德勞拉認出這些禁書，忍不住拿起來翻閱，再萬般不捨地放回書架。他在經典的赫倫迪奧修道士小說旁邊那個最顯眼位置，找到了法文版的伏爾泰全集，還有一本翻譯成拉丁文的《哲學書簡》。

「伏爾泰的拉丁文版作品根本是邪書吧。」他開玩笑地說。

亞雷魯西歐告訴他，那本書是一位科英布拉的修道士翻譯的，他非常願意做些稀奇古怪的書，供朝聖者消遣。當德勞拉拿下來瀏覽時，醫生問他是否懂法文。

「我會讀，但不會說。」德勞拉用拉丁語回答。他不打算假裝害臊地接著說：「而且我還懂希臘文、英文、義大利文、葡萄牙文和一點德文。」

「我會這麼問是因為您提到了伏爾泰。」他說。「他的散文可真是絕品。」

「也是最讓我們痛苦的散文。」德勞拉說。「可惜是法國人寫的。」

「您這麼說是因為您是西班牙人。」亞雷魯西歐說。

「以我這個年紀，加上我那樣多次混血的血統，我不確定自己是哪裡人了。」德勞拉說。「也不確定自己是誰。」

「在這片土地上，沒有人敢說自己真正知道。」亞雷魯西歐說。「我想需要再過好幾個世紀才會知道吧。」

德勞拉一邊聊著，一邊可沒停止探索這間圖書館。突然間，就跟往常一樣，他想起十二歲那年校長沒收的書，他只記得一段內容，這輩子總是一再說給可能幫忙找到書的人。

「您記得書名嗎？」亞雷魯西歐問。

「我從來不知道。」德勞拉說。「我願意付出任何代價，只求知道結局。」

醫生沒說話，直接把一本書放在他眼前，德勞拉立刻就認出了那本書。那是古老的賽維亞版本，集結四冊的《高盧的阿瑪迪斯》。德勞拉翻閱那本書，忍不住顫抖，他發現他差一點就要犯下不可挽回的錯誤。最後他大膽地問：

「您知道這是一本禁書嗎？」

「這幾個世紀最好的小說都是禁書。」亞雷魯西歐說。「這些小說遭到排擠，現在只印一些專門書籍，給有學問的人看。這個時代的可憐人如果不偷偷摸摸讀騎士小說，還能讀什麼呢？」

「還有其他小說可以讀。」德勞拉說。「初版的《唐吉訶德》印好那年，在這裡就有上百冊四處傳閱。」

「才沒有四處傳閱。」亞雷魯西歐說。「只是經過這裡的海關，到其他不同的地區去了。」

德勞拉沒有仔細聽他說了什麼，因為他終於釐清了那本書就是《高盧的阿瑪迪斯》，眼前就有這麼珍貴的一本。

「這本書九年前從我們圖書館的秘密書區失蹤，我們一直找不到下落。」他說。

「我能想像有這段由來。」亞雷魯西歐說。「不過還有其他原因，可以知道這本書有它的故事：這本書有一年多時間在不同人手上傳閱，至少有十一個人，其中至少有三人喪命。我敢說，他們是因為某個未知的力量丟掉了性命。」

「我應該要向宗教裁判所檢舉您，這是我的責任。」德勞拉說。

亞雷魯西歐以為那是玩笑話：

「我說錯了什麼話嗎？」

「我那樣說，是因為您有一本別人的禁書，卻沒通知。」

「不只這一本，還有很多其他禁書。」亞雷魯西歐說，並伸出食指在塞得滿滿的書架上畫了好大一圈。「如果您是為了禁書，那早該來了，而且我不會替您開門。」他轉身看向他，非常愉快地下了結論：「事實相反，我很開心您是現在過來，我很榮幸在這裡接待您。」

「是侯爵要我來的，他非常擔憂女兒的命運。」德勞拉說。

亞雷魯西歐要他面對面坐下來，當兩人恣意地聊起來時，一場可怕的暴雨正在海面上肆虐。醫生從人類的初始開始，對狂犬病做一番精闢和詳細的解釋，指出這是一個無法無天的災難，千年以來醫學一直無法根絕這種病。他舉了一些令人難過的例子，說人們一向都把這種病誤以為是惡魔附身，同時也這麼去混淆某些發瘋的舉動和其他精神疾病。至於希娃．瑪莉亞，她被狗咬傷已經過了好幾個禮拜，不太可能真的染病。亞雷魯西歐如此做了結論，現在唯一的危險，是她可能會跟太多的人一樣，死於驅魔的殘酷儀式。

德勞拉認為，最後一句話是從中世紀醫藥角度的一種過於誇張的說法，可是他沒有反駁，因為這也符合他的看法，就神學上的觀察，他也認為小女孩並沒有遭惡魔附身。他說希娃·瑪莉亞會講的三種非洲語言，只是跟西班牙語和葡萄牙語太不相同，並非修道院內所認為的，她被撒旦附體那樣的想像。有許多證詞顯示她的力大驚人，但沒有一個人能證實那是超自然力量；也沒人能證明她會飄浮或預測未來，這兩種現象同時也是聖潔的間接證據。然而，德勞拉曾試圖尋找其他團體同袍的支持，卻沒有人敢發聲反對修道院的日誌，也不敢有與大眾的輕信相牴觸的想法。可是他知道，光憑他或是亞雷魯西歐的判斷也說服不了任何人，即使兩個人聯合起來也只是白費力氣。

「您跟我會變成對抗大眾的異數。」他說。

「所以我很驚訝您會來找我。」亞雷魯西歐說。「我不過是宗教裁判所獵殺名單上的一個角色。」

「老實說，我也不知道我為什麼要來。」德勞拉說。「莫非聖靈安插了這個女孩來測試我的信仰是否堅定不移。」

他說出這句話後，立刻感覺悶在內心的嘆息解開了。亞雷魯西歐看著他的眼睛，望進他的靈魂深處，發現他快哭了。

「何苦折磨自己。」亞雷魯西歐用平靜的口吻對他說。「您會來這裡，或許只是需要找個人談談她。」

德勞拉感覺內心赤裸裸地被剖開了。他站起來，走向門口，但因為衣衫不整，沒辦法倉皇逃走。亞雷魯西歐一邊幫他穿上還濕漉漉的衣服，一邊設法拖延好繼續他們的對話。「跟您聊天，可以聊到天荒地老呢。」他對他說。亞雷魯西歐拿出一小瓶透明的淚液，打算治療德勞拉還看得到日食殘影的眼睛。他要德勞拉先進來找尋那只忘在屋內某處的手提箱，但是德勞拉似乎痛苦不已。他感謝亞雷魯西歐付出下午的時間，還有他的醫治、他的淚液，但卻只承諾說，改天來再待久一點。

他等不及要見希娃·瑪莉亞。他站在門口時，甚至沒發現外頭已是深沉的黑夜。雨停了，可是下水道溢出了暴雨所夾帶的水，德勞拉涉水走過街道，雨水淹沒了他的腳踝。由於已接近宵禁時間，修道院的守門修女不讓他進去。他要她退到一旁：

「這是奉主教的命令。」

希娃·瑪莉亞驚醒過來，沒認出在昏暗中的他。他不知道該怎麼解釋自己為什麼會在這麼奇怪的時間探訪，只好隨便編了一個理由：

「妳的父親想見妳。」

小女孩認出那只手提箱，氣得臉都發紅了。

「但是我不想見他。」她說。

他愣住了，問她為什麼。

「因為就是不想。」她說。「死也不想要。」

德勞拉想替她解開那隻健康腳踝上的皮帶，以為能讓她開心點。

「放手。」她說。「別碰我。」

他沒有理會她的話，於是小女孩狠狠地朝他臉上吐一大口口水。他面不改色，對她露出另一邊臉頰。希娃．瑪莉亞又啐了一大口。接著他又換一邊臉頰，他感覺心底升起一股禁忌的歡愉，深深陶醉其中。他閉上眼睛，誠心誠意禱告，繼續承受她吐著口水，她越是用力，他越是享受，最後她發現再怎麼生氣也沒用。就在這一刻，德勞拉親眼目睹了令人怵目驚心的一幕，也了解了何謂真正的惡魔附身。希娃．瑪莉亞的頭髮像是有了生命力般自個兒豎立起來，猶如女妖梅杜莎的一頭蛇髮，嘴巴流出綠色唾液，還冒出一串偶像崇拜者外來語言的辱罵。德勞拉揮舞他的十字架，朝她的臉靠過去，並驚恐地大喊：

「不管你是誰，離開那裡，地獄的畜生！」

他的叫聲刺激了小女孩，結果她叫得更大聲，她就快要扯斷皮帶的鈕釦了。衝進來的守衛修女嚇了一大跳，連忙幫忙制伏她，不過這只有瑪汀娜用她神奇的方法才能做到。德勞拉落荒而逃。

德勞拉缺席了晚餐的朗讀，主教對此正感到惴惴不安。德勞拉發現自己心事重重，漠不關心這個或世界其他的任何東西，滿腦子都是希娃．瑪莉亞遭魔鬼附體的駭人畫面。他逃到圖書館，可是靜不下心閱讀。他帶著加倍虔誠的心禱告，高唱大魯特琴的歌曲，淚流滿面，眼淚像是在肚子裡沸騰的熱油。他打開希娃．瑪莉亞手提箱，把東西一樣一樣放到桌上。他熟知每一件物品，他抗拒不了一股身體的渴望，不由自主地聞著物品的氣味，珍愛它們，引用輕佻淫穢的六音步詩跟它們說話，直到再也受不了。這時他脫掉身上的衣服，從工作桌的抽屜裡拿出從不敢碰的鐵鞭，他開始鞭打自己，滿腔一股無法澆熄、不斷折磨他的怨恨，他想把希娃．瑪莉亞最後的影子從內心徹底根除。主教一直擔心他，卻發現他滿身鮮血和淚痕倒在地上打滾。

「她是魔鬼，敬愛的神父。」德勞拉對他說。「是最邪惡的那種。」

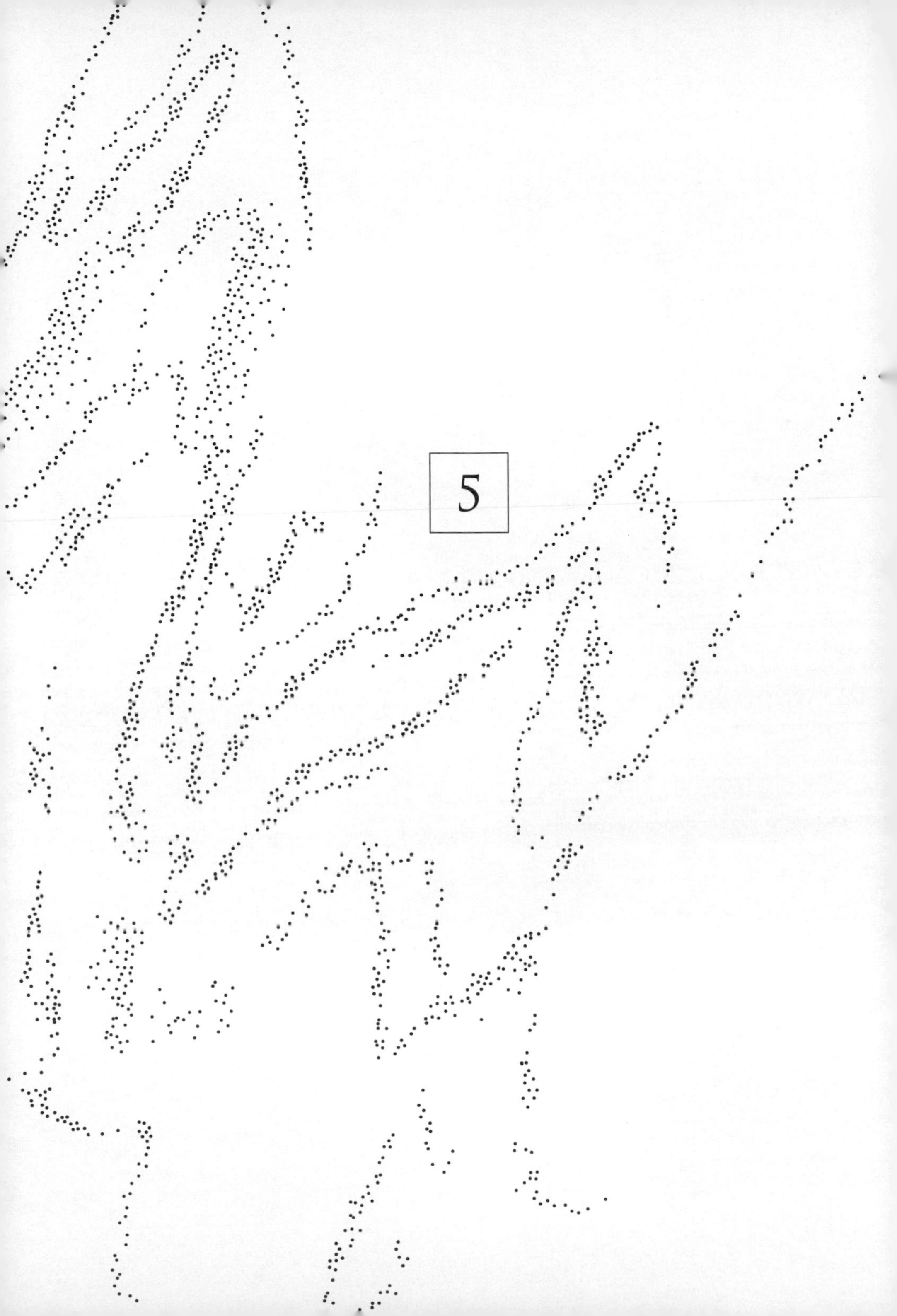

5

主教把德勞拉叫來辦公室的禁書區，收起和顏悅色，聆聽他赤裸裸的完整告解，他清楚自己不是在主持聖禮，而是審判。他對他唯一手下留情的是，替他保密真正的錯誤，可是主教沒有公開解釋，便剝奪了德勞拉的地位和特權，派他去上帝之愛醫院當痲瘋病患的醫護員。他向主教請求准許他替痲瘋病患主持五點的彌撒。獲得他的同意。他跪下來，感覺如釋重負，並跟主教一起禱告一段天主經。主教祝福他，扶他站起來。

「願上帝憐憫你。」他對他說完這句，就把他徹底遺忘。

之後，當德勞拉開始服刑，主教轄區的高層人士曾替他說情，無奈主教不為所動。他不信那套驅魔師會被想驅除的魔鬼反過來附身的理論。他最終的論點是德勞拉在對抗魔鬼時，不是以基督至高的權力，他犯了傲慢的錯誤，與魔鬼爭論信仰。主教說，就是這個原因損害了他的靈魂，差點受那異端所害。然而，主教對自己的心腹這麼嚴苛，令眾人詫異，這點錯誤頂多用點綠色蠟燭來贖罪即可。

瑪汀娜以相當的忠誠，扛起照顧希娃，瑪莉亞的責任。她也為了特赦遭拒絕而感到沮喪不已，不過小女孩沒發現她的傷心，一直到某天下午她們在露臺上刺繡，她抬起頭，看見她淚眼婆娑。瑪汀娜沒有刻意隱瞞她的失望：

「我寧死也不想繼續關在這裡慢慢死去。」

她說，她唯一的希望只剩希娃．瑪莉亞能跟她的惡魔做交易。她想知道那些惡魔是誰，長什麼樣子，怎麼跟他們談判。小女孩數了六個，瑪汀娜認出其中一個是曾在她父母家作祟的非洲惡魔。她有了新的希望，重新打起了精神。

「我想跟他談一談。」她說，並直接表明：「我願意拿我的靈魂來交換。」

希娃．瑪莉亞樂得開始惡作劇。「他不說話的。」她說。「只要看他的臉，就會知道他說什麼。」她相當認真地向她保證會轉告惡魔，請他下次來訪時跟她見面。

德勞拉則是低聲下氣地忍受醫院糟糕的環境。知道自己將死的痲瘋病患隨地睡在棕櫚葉棚屋的泥土地面上。有許多人只能在地上爬著。禮拜二所有病患都要接受治療，是相當累人的一天。德勞拉得在馬廄的飲水槽進行淨身，幫病重的患者清洗身體。在他第一次贖罪的禮拜二，他待在馬廄的水槽邊，教士的尊嚴只剩一身粗糙的醫護長袍，這時，亞雷魯西歐騎著侯爵送他的棕馬出現了。

「您那隻眼睛的狀況怎麼樣？」醫生問他。

德勞拉沒給他機會問起他的不幸或同情他的處境。他向亞雷魯西歐道謝，說淚液已經消除了他眼底的日食殘影。

「不用感謝我。」亞雷魯西歐對他說。「我給您的藥是目前治療陽光引起的眼花的特效藥：幾滴雨水。」

醫生邀他到他家拜訪。德勞拉跟他解釋他不能未經許可隨意外出。亞雷魯西歐不把他的話當一回事。「如果您認識這片土地的弱點，您就會知道法律在這裡只有三天效力。」他說。他邀請德勞拉隨時都可以來使用他的圖書館，他可以在贖罪期間繼續他的研究。德勞拉聽了很感興趣，但不抱任何希望。

「這件事就留給您自己煩惱了。」亞雷魯西歐下結論，接著用馬刺踢了馬。「神不會在創造了像您這樣具有天賦的人之後，卻浪費在只替痲瘋病患洗澡的差事上。」

隔週的禮拜二，醫生帶來那本拉丁文版的《哲學書簡》送他。德勞拉翻了翻，湊近聞書頁的氣味，試著估算它的價值。他越是讚嘆這本書，就越是不懂亞雷魯西歐的目的。

「我想知道您為什麼要討好我。」他對亞雷魯西歐說。

「因為我們無神論者沒有教士可活不下去。」亞雷魯西歐說。「病人託給我們的是他們的身體，不是他們的靈魂，我們就像惡魔，跟上帝搶奪靈魂。」

「這樣做並不符合您的信仰。」德勞拉說。

「我根本不知道我的信仰是哪些。」亞雷魯西歐說。

「宗教裁判所知道。」德勞拉說。

出乎意料的是，這句諷刺的話竟然點燃了亞雷魯西歐的興趣。「來我家吧，我們可以慢慢辯論。」他說。「我每天晚上睡覺頂多兩個小時，而且是斷斷續續的，所以您想什麼時候過來都可以。」他馬刺一踢，離開了。

德勞拉很快明白，強大的權力一旦崩塌就會徹徹底底。那些在他得寵時對他逢迎巴結的人，此刻把他當痲瘋病患避之唯恐不及。他上流社會的藝文朋友躲到一邊，以免跟宗教裁判所有所瓜葛。但是他不在乎。他的一顆心全獻給了希娃．瑪莉亞，儘管如此，他仍然覺得空虛。他相信，不論是海洋或是高山，世間還是天上的法規，或者是地獄的勢力，都無法拆散他們。

有一晚，他耐不住滿腔澎湃的情緒，就從醫院逃出去，設法想要溜進修道院。修道院一共有四道門。主要大門是道十字旋轉門，面海那側還有一道同樣大小的門，以及兩道奴僕進出的小門。想從兩道大門通行是不可能的。德勞拉從沙灘上能輕易認出監獄樓閣的希娃．瑪莉亞的窗戶，唯獨那扇窗沒有堵死。他從街道上一吋接著一吋檢視這棟建築物，想找到任何能溜進去的縫隙，卻只是徒勞無功。

正當他打算死心的時候，他想起那條禁令期間的地道，村民正是從那裡偷運補給品給修道院。在當時，挖地道對兵營或修道院來說，都是很常見的事。城內為人所知的地道就超過六條，還有其他地道也隨著時間逐漸被發現，每一條都各有它的傳說。一個曾當過掘墓人的痲瘋病患跟德勞拉透露，他尋尋覓覓的是哪一條地道：那是一條廢棄下水道，連接修道院和附近的一塊空地，在上個世紀，那塊地是第一代聖塔克拉拉修女安息的墓園。一出地道，正好是監獄閣樓的下方，而且面對一堵粗糙的高牆，似乎無法通行。然而，德勞拉失敗了多次之後，終於成功翻牆進去，他相信，他的成功靠的是禱告的力量。

清晨時分，閣樓一片寧靜。他有把握守衛修女睡在外面，所以他要小心的只有瑪汀娜·拉波德，因為那女人睡覺時門是半開的，門內傳來了陣陣呼聲。先前他一直為這場緊張的冒險忐忑不安，可是當他站在牢房前，看到鎖頭是打開的時候，他的心失速狂跳。他伸出手指頭將門推開，鎖鏈發出尖銳的聲響，他嚇得魂飛魄散，接著他看見睡著的希娃·瑪莉亞，一旁有聖體油燈的照亮。突然間，她張開雙眼，但是她過了半晌才認出眼前的人是誰，因為他穿著痲瘋病患醫護員的亞麻長袍。他伸出血跡斑斑的雙手給她看。

「我爬牆。」他壓低聲音說。

希娃・瑪莉亞聽了並沒有覺得感動。

「為什麼？」她問。

「為了看妳。」他說。

他不知道還要再說些什麼，他的雙手顫抖，聲音沙啞，整個人愣在原地。

「離開吧。」希娃・瑪莉亞說。

他怕自己會發不出聲音，搖了好幾次頭表示拒絕。「離開吧。」她再說一次。「不然，我可要尖叫了。」這時他感覺自己離她好近，聞到了她處女的氣息。

「我死也不離開。」他說。忽然間，他一掃恐懼，用堅定的語氣說：

「所以說，妳如果想尖叫就叫吧。」

她啃咬嘴唇。德勞拉坐在床邊，跟她鉅細靡遺地描述他所承受的責罰，但是沒告訴她原因。她懂的超過他能說出來的。她目不轉睛地看著他，問他為什麼沒戴眼罩。

「不需要了。」他神采奕奕地說。「現在我閉上眼睛，看到的是像黃金河流一樣的頭髮。」

兩個小時後，他開心地離開了，因為希娃．瑪莉亞答應，他只要記得帶門廊上兜售的她最愛的點心，就能再來看她。隔天晚上他很早就到了，這時修道院內還有人沒睡，她正伴著油燈完成瑪汀娜交代的刺繡。第三晚，他帶來燈芯和燈油給油燈添燃料。第四晚是禮拜六，他花了好幾個小時幫她驅除房間裡又變多的跳蚤。當她長頭髮清潔並梳好之後，德勞拉再一次感覺一股慾望伴隨而來的冷汗。他躺在希娃．瑪莉亞身旁，呼吸紊亂，凝視只有一個指頭距離的那雙清澈眼睛。兩個人都手足無措。他害怕地一邊禱告，一邊看著她的眼睛。她鼓起勇氣說話：

「您幾歲？」

「三月滿三十六歲。」他說。

她細細打量他。

「您已經是個小老頭了。」她用開玩笑的口吻對他說。她盯著他額頭上的紋路，又補了一句她這個年紀的孩子無情的批評：「長皺紋的小老頭。」他非常愉快地接受她的評語。希娃．瑪莉亞問他為什麼有一綹白髮。

「這是一種印記。」他說。

「是裝飾的。」她說。

「是天生的。」他說。「我的母親也有。」

他一直注視她的眼睛，看起來她也不打算退縮。他深深地嘆口氣，然後吟誦了一句：

「喔，甜美的信物，睹物思人。」

她聽不懂。

「這是我祖母的高祖父的詩。」他解釋。「他寫了三首田園詩，兩首輓歌，五首歌曲，和四十首十四行詩。大多數是寫給一位姿色平庸的葡萄牙女郎，不過先是他已婚，再來女郎嫁給別人，又比他早死，所以他們一直都無緣在一起。」

「他也是修道士嗎？」她問。

「是士兵。」他說。

希娃．瑪莉亞感覺有個東西觸動了她的心，她想再聽聽那首詩。這一次他音調激昂，咬字清晰，把加爾西拉索．德．拉．維加的四十首關於愛情與戰爭的十四行詩，從第一首吟誦到最後一首，這位騎士在盛年之時死於一場石頭戰役。

當德勞拉唸完最後一首詩之後，他牽起希娃．瑪莉亞的手，放在他的心臟部位。她感受到了他內心狂風暴雨的轟鳴。

「我的內心一直這樣。」他說。

他不再恐懼，一股腦兒地吐出讓他生不如死的混亂心情。他向她告白他無時無刻都想著她，吃飯喝水都嚐得到她的味道，他的生活充滿她的影子，不管在任何時間或任何地方，這可是上帝才有力量辦到的事，對他的心來說，最大的歡愉是跟她一起死去。他繼續抒發心意，可是沒看著她，一如吟詩一樣流暢和熱烈，最後他感覺希娃．瑪莉亞睡著了。但她其實醒著，像是一頭小鹿睜著一雙驚恐的眼睛盯著他。她只敢問：

「那現在呢？」

「現在不會了。」他說。「我要妳知道，這樣就夠了。」

他無法再繼續。他默默流淚，伸出手臂讓她當枕頭靠著，她蜷曲在他身邊。他們倆就這樣，沒睡覺，也沒談天，直到公雞開始啼叫，他得趕回去參加五點的彌撒。離開之前，希娃．瑪莉亞把一條美麗的奧杜瓦項鍊送給他：十八英寸長的珍珠母貝和珊瑚串珠項鍊。

他心中的恐懼消失了，取而代之的是滿心的惶恐。德勞拉無法平靜下來，他做事敷衍、心不在焉，直到從醫院溜出去私會希娃．瑪莉亞的快樂時刻來臨。他冒著下不停的雨前來，抵達牢房時，他全身濕漉漉、氣喘吁吁，而她焦急地等著，看到他的微笑才如釋重負。有一晚，她主動唸出那些她聽了無數遍而學會的詩句。「當我停下來凝視自己，看著妳帶我走過的腳步。」她吟誦之後，接著又淘氣地問：

「怎麼接下去？」

「最後，我將把自己託給一個明知道終將失去和毀滅我的人。」

她用同樣溫柔的語氣唸了一遍，就這樣，兩人繼續唸到書的最後，他們跳著詩句，又隨意竄改和歪曲十四行詩，像是原作者般隨興地玩弄詩句。他們累得睡著了。清晨五點，守衛修女送早餐進來，這時公雞欣喜地啼叫，他們兩個嚇醒了。他們的心跳彷彿靜止。修女把早餐放在桌上，跟平常一樣提著燈巡視一圈，然後離開，沒看見床上的德勞拉。

「路西法真是調皮的惡魔。」他鬆口氣，自嘲地說。「他也把我隱形了。」

這一天，希娃．瑪莉亞不得不想個詭計，讓女守衛沒辦法再進到牢房裡。他們一整天嬉鬧調情，到了夜深，他們感覺彼此相愛了一輩子。德勞拉半開玩笑半認真，大膽解開希娃．瑪莉亞胸衣的帶子。她舉起雙手圍住胸部，眼底閃爍怒火，臉一下紅了。德勞拉伸出拇指和食指，夾住她的雙手，當那是熊熊烈火，接著移開她的手。她試著抵抗，他使出溫柔但堅定的力量阻止她。

「跟著我唸一遍。」他對她說。「最終我來到妳的手中。」

她乖乖聽話。「我知道自己必死於此。」他繼續吟誦，用冰冷的手指解開了她的胸衣。她跟著吟誦詩句，聲音幾乎低得聽不見，害怕得顫抖不止：「就讓我做為投降者，嘗試插進身軀的利劍有多麼短。」這時他親吻她的嘴唇，這是初吻。希娃．瑪莉亞發出呻吟，身體直打哆嗦，她吐出一口氣，如海風般輕柔，這一刻她把自己交給了命運。他伸出手指撫過她的肌膚，幾乎沒有碰觸到她，他感到驚奇，這是他第一次感覺軀體不屬於自己。他的內心有個聲音提醒著，當他徹夜未眠研讀拉丁文和希臘文，當他為信仰狂熱燃燒，當他堅守禁慾的荒漠，離惡魔是多麼遙遠，她卻跟黑奴同住他們的小屋，見識了愛情狂野的力量。他讓她引導自己在昏暗中探索，但他在最後一刻反悔，往道德的深淵縱身一跳。他仰躺著，閉上眼睛。希娃．瑪莉亞嚇一跳，不懂為何他像是死了一般的沉默和安靜，於是伸出一根手指戳他。

「你怎麼了?」她問他。

「讓我安靜一下。」他低喃。「我正在禱告。」

接下來幾天，他們相聚時幾乎沒有半刻寧靜。他們不厭其煩地傾訴愛情的痛苦。他們親嘴到喘不過氣來，他們熱淚盈眶，朗誦愛情詩句，在彼此耳邊吟唱，在慾望的泥沼翻滾，直到耗盡最後一絲力氣：筋疲力竭，但保持處子之身。因為他決定遵守貞潔願，直到領聖禮那天，她同意了。

在激情暫歇時刻，他們會測試對方的愛，但往往過了頭。他說他願意為她做任何事。希娃·瑪莉亞以一種天真的殘酷，要求他為她吃蟑螂。她還來不及阻止，他就抓了蟑螂生吞下肚。還有其他愚蠢的測試，比如他問她是否願意為他剪掉辮子，她說願意，可是卻以開玩笑或認真的語氣對他說，這樣的話他非娶她不可，才能履行加在她身上的條件。他帶了一把菜刀來牢房，對她說：「讓我們來看看這個條件是真是假。」她轉過身背對著他，好讓他能從髮根一把割下。她求他：「快動手吧。」他卻不敢下手。幾天後，她拿出菜刀準備試試。他感覺一股冷顫竄上來，嚇得跳起來：「妳不可以。」他說。「妳不可以。」她笑得半死，想知道他為什麼這麼說，他老實說：

「因為妳真的敢那麼做。」

他們在激情冷卻時刻，開始感覺日常的愛是瑣碎煩人的。她得維持牢房的乾淨整潔，像是迎接丈夫回家一樣迎接他的到來。德勞拉教她讀書寫字、欣賞詩詞，以及崇敬聖靈，期盼幸福快樂的日子來臨，到了那天，他們將恢復自由，也結為夫妻。

四月二十七日拂曉，德勞拉離開牢房後，希娃．瑪莉亞正要睡覺，一群人毫無預警地闖進來，打算進行驅魔。這是對待死囚的儀式。她們把她拖到畜欄的飲水槽邊，提起一桶桶水淋在她身上，一把扯下她的項鍊，給她換上異教徒的粗布長袍。一名園藝修女拿起修枝剪刀，喀嚓四下將她的長髮從脖子處剪斷，然後把頭髮扔進院子燃燒的火堆裡。接著理髮修女按照聖塔克拉拉修女頭巾下的頭髮長度，把她的頭髮修到半英寸長，她一邊剪一邊把頭髮扔進火堆。希娃．瑪莉亞一臉漠然，臉上肌肉文風不動，她凝視著金黃色的火焰，聽著柴火燃燒的劈啪聲，聞到像是牛角燒焦的酸臭味。最後她們給她穿上一件緊束衣，蓋上一條深色的布，兩名奴隸用士兵的擔架，抬著她到禮拜堂。

主教已召集教士會，成員全是傑出的受俸神父，教士會從中挑選四名參與希娃．瑪莉亞的驅魔儀式。在最後的程序上，主教考量本身健康狀況不佳。他決定儀式不像其他值得紀念的場合在大教堂舉行，改在聖塔克拉拉修道院的禮拜堂，他將親自主持驅魔儀式。

晨禱前，院長帶領聖塔克拉拉修女伴著風琴合唱詩篇，每個人都為即將展開的隆重一天滿腔激動。不久，教士會的高級神職人員進來了，他們分別是三個品級的教長，和宗教裁判所的高層。除了這幾位之外，沒有半個平民百姓在場。

主教最後一個進來，他身穿一襲參與隆重典禮的服飾，坐在由四個奴隸抬著的轎子上，一臉悲痛欲絕的表情。他面對著主聖壇，坐上一張方便他行動的旋轉扶手椅，一旁是舉辦重大喪禮儀式的大理石靈柩臺。六點整，兩個奴隸用擔架抬著希娃·瑪莉亞進來，她穿著緊束衣，身上依舊蓋著黑紫色的呢絨布。

唱彌撒時，天氣熱得難以忍受。風琴的低音在鑲板式屋頂迴盪，幾乎掩去花格窗後面的唱詩班的聖塔克拉拉修女私語聲。兩名奴隸半裸上身，他們用擔架抬希娃·瑪莉亞進來以後，就守在她旁邊。彌撒最後，他們掀開她身上的布，讓她躺在大理石靈柩臺上，彷彿死去的公主。另外的奴隸把主教連同椅子抬到她的身邊，留下他們兩個單獨在主聖壇前的寬廣空間。

接下來無形的凝重氣氛籠罩，一片死寂像是揭開一場神蹟的前奏曲。一名侍祭遞了聖水盆到主教手邊。主教抓起聖水帚，就像高舉打仗的大錘，俯身在希娃·瑪莉亞上方，一邊唸祈禱文，一邊在她全身灑水。突然間，他大聲喊出連禮拜堂地面都為之震動的咒語。

「不管你是誰。」他嘶吼。「奉所有無形和有形，所有現在、曾經和必定的基督、上帝和天主之令，離開這具經過受洗而獲得救贖的身體，返回黑暗去。」

希娃．瑪莉亞嚇壞了，她也跟著尖叫。主教提高音量想壓過她的聲音，但是她叫得更大聲了。主教深深地吸口氣，再一次張開嘴巴唸咒語，但是空氣堵在胸腔吐不出來。主教臉朝地倒下，像條在陸地上的魚般喘著氣，於是這場儀式結束在一片混亂之中。

這一晚，德勞拉見到的是，穿著緊束衣的希娃．瑪莉亞高燒發抖。他最氣憤的是被剪成一頭短髮的可怕屈辱。「上帝哪！」他一邊忍著怒氣低聲說，一邊幫她解開皮帶。「祢怎能坐視這等慘忍的事發生？」希娃．瑪莉亞一掙脫皮帶，立刻抱住他的脖子，兩人抱在一起，沒有說話，只有她還在哭泣。他讓她盡情地發洩情緒。接著，他抬起她的臉，對她說：「別再哭了。」接著高聲吟誦加爾西拉索的詩：

「我為妳流的淚水已經夠多了。」

希娃．瑪莉亞告訴他發生在禮拜堂的可怕經過。她描述唱詩班震耳欲聾的歌聲、恍若戰爭的轟隆隆的砲聲、主教駭人的叫聲、炙熱的噴氣，和主教那一雙因為激動而沸騰的美麗綠色眼眸。

「他就像魔鬼。」她說。

德勞拉試著安撫她。他向她保證，即使主教有著巨人般的體型，狂風暴雨般的嗓音和如同戰士的一絲不苟，他其實是個有智慧的好人。因此，希娃・瑪莉亞的恐懼可以理解，但她不會有任何危險。

「我只想死。」她說。

「我知道妳既生氣又沮喪，我也是，因為我幫不了妳什麼忙。」他說。「可是上帝會在復活的那天補償我們。」

他見希娃・瑪莉亞失去了項鍊，便拿下她送的奧杜瓦項鍊，替她戴上。他們躺在床上，相互依偎，傾訴彼此心頭的怨恨，外頭已經慢慢地安靜下來，只剩下鑲板式屋頂傳來白蟻的窸窣聲。她的燒退了。德勞拉在黑暗中對她說話。

「《啟示錄》上提過永遠不會天亮的那天。」他說。「希望上帝決定的日子就是今天。」

德勞拉離開後，希娃·瑪莉亞睡著了，大約一個小時過後，她被另一種聲音吵醒。院長出現在她的面前，她身邊跟著一名老神父，這個人體型魁梧，一身經過風吹日曬的黝黑皮膚，頂著直立的頭髮，有對雜亂的眉毛，粗糙的雙手，睜著一雙容易讓人信任的眼睛。希娃·瑪莉亞還沒完全清醒，只聽見那名神父用約魯巴語說：

「我把妳的項鍊帶來了。」

他從口袋拿出項鍊，那是他強烈要求財務託管人歸還的。他一邊替希娃·瑪莉亞戴上項鍊，一邊用非洲語言數數，並逐一解釋含義：紅白項鍊代表風暴之神桑戈的愛情和鮮血，紅黑項鍊代表歧路之神艾略瓜的生與死，還有七顆淡藍色串珠項鍊代表溪河之神耶瑪雅的水。他巧妙地從約魯巴語轉換成剛果語，再從剛果語換成曼丁哥語，她優雅流利地跟著重複。最後，他考慮到院長在場，於是又換回了西班牙語，而院長不敢相信希娃·瑪莉亞能夠這麼溫馴。

這個人是托瑪斯·德·阿奇諾·德·拿瓦耶茲神父，他曾在塞維亞的宗教裁判所擔任檢察官，也是奴隸的教區神父，主教礙於健康問題，改派他來主持驅魔儀式。從他的履歷可以確定他是個鐵石心腸的人。他曾把十一個異教徒送上火堆，包括猶太人和穆斯林教徒，但是他的可靠程度，來自於他曾擊退安達魯西亞地區最狡猾的惡魔，拯救無以計數的靈魂。他的品味優雅、舉止瀟灑，有著一口加那利群島的美妙口音。他出生本地，父親是國王的總管，娶了他的混血奴隸為妻，當他證明自己的血統純正和祖傳四代都是白人之後，他進入了本地神學院當見習修士。他取得優秀成績，獲得到塞維亞進修博士學位的機會，他在那裡布道一直到五十歲。回到故鄉後，他請求到一個相當破落的教區工作，還迷上了非洲的宗教和語言，他把自己當作奴隸，跟一群奴隸混在一起。看來沒有人比他更了解希娃．瑪莉亞，知道怎麼以更理性的態度來面對她的惡魔。

希娃．瑪莉亞立刻把他當作自己的救命天使，而她的確沒有看錯。他在她面前刪除日誌上的內容，他向院長表示上面沒有一項是千真萬確的。他教她美洲的惡魔跟歐洲的惡魔是同樣一批，不過稱呼跟行為有所不同。他向她解釋辨識著魔的四大要件，也說明惡魔很容易反過來利用這些要件來混淆世人。他跟希娃・瑪莉道別時，輕輕捏了一下她的臉頰。

「安心睡覺。」他對她說。「我見過更可怕的魔鬼。」

院長的心情相當愉悅，她邀請他品嘗聖塔克拉拉修女遠近馳名的香料巧克力，以及只為特定嘉賓準備的茴香餅乾和精緻點心。當他們在院長的私人飯廳享用時，神父向她指示接下來該採用哪些步驟，院長高興地接受了。

「我不在乎這個掃把星下場是好是壞。」她說。「我只求上帝讓她早一點離開修道院。」

神父跟她保證會盡最大力量在幾天內，或者希望是在幾個小時內解決這件事。當他在會客室道別時，兩人都很高興，但誰也沒料到彼此再也沒機會見面。

事情就是這樣。教徒口中的阿奇諾神父步行回他的教堂，他從許久前已不常禱告，彌補的辦法是每天在上帝面前反覆承受思鄉情懷之苦。他經過門廊時，詫異這裡有各式各樣的小販的叫賣聲，他在這裡逗留，準備等太陽下山後，前往港口的沼澤地。他買了幾樣比較便宜的點心和一張窮人彩券，還無可救藥地夢想著，中獎以後要拿來翻修他那座老是遭竊的教堂。他在這兒停留半個小時跟黑人婦女聊天，她們恍若巨大的雕像，坐在一地擺滿廉價手工藝品的麻墊前面。快五點時，他穿過客西馬尼園的吊橋，那裡剛吊起一隻胖狗慘不忍睹的屍體，牠應該是死於狂犬病。此刻空氣飄著花香，天空無比澄淨透明。

奴隸聚居的社區坐落在海濱的沼澤邊，這裡的貧困叫人不忍。社區矗立一棟棟泥土牆棚屋，人與兀鷹和豬隻同住在棕櫚葉的屋頂下，孩童在街道上的泥水窪喝水。然而，這是充滿歡樂氣息、鮮豔色彩和嘹喨說話聲的社區，到了黃昏時刻更是熱鬧無比，這時大家會把椅子搬到街上乘涼。神父把點心分送給沼澤地的孩子，自己則留下三個當晚餐。

他的教堂只不過是一棟棕櫚葉屋頂的泥土牆棚屋，木頭十字架豎立在屋脊上。裡頭有厚木板釘成的靠背長椅、一座聖壇和一尊聖人像，以及一座木頭布道壇，每個禮拜天，神父就站在這裡用非洲語言布道。神父的住所在聖壇後面，那是附屬教堂的建築，他過得極為儉樸，房間裡只有一張木架床和一張粗糙的椅子。盡頭有個小小的石頭地院子，還有一座垂著幾串乾癟葡萄的藤架，一座荊棘圍欄隔開了沼澤地。院子一角有個水泥儲水池，這是唯一的飲用水。

教堂有兩位助手，一位是老邁的教堂司事，一位是十四歲的孤女，兩人都是改信天主教的曼丁哥人，他們也到神父家幫忙，不過誦完玫瑰經之後就可以離開。教堂關門前，神父配著一杯水吃掉最後三個點心，接著按照慣例用西班牙語跟坐在街上的左鄰右舍道別：

「晚安，願上帝庇佑大家有個神聖的夜晚。」

清晨四點，住在教堂一個街區外的教堂司事敲響前幾聲鐘聲，通知一天唯一的一場彌撒即將開始。快五點時，他看神父耽擱了，就到他的房間去找人。可是人不在。他到院子也找不到他。他繼續在附近找人，因為神父有時會一大早去鄰居的院子聊天。他還是找不到人。他對少數幾個來參加彌撒的信徒說他找不到神父，所以這天沒有彌撒。早上八點，陽光已經轉熱，幫傭的女孩到水池取水，發現阿奇諾神父穿著睡覺的長襪，臉部朝上浮在水面。這是個令人悲傷難過的死，也是個永遠無法解開的謎，院長把他的死當作鐵證，宣布惡魔仇視她的修道院。

這個消息沒傳到希娃·瑪莉亞的牢房，她還懷抱天真的幻想，等待阿奇諾神父。她不知道該怎麼跟德勞拉解釋他是誰，但對他說她很感激這位神父歸還了項鍊，還保證救她出去。在此之前，他們一直認為彼此相愛就覺得幸福。但是當希娃·瑪莉亞對阿奇諾神父不抱希望後，她發現他們只能靠自己爭取自由。有一天凌晨，他們熱吻好幾個小時之後，她哀求德勞拉別走。他沒把她的話當真，只是多親了她一下就準備離開。於是她跳下床，打開雙臂擋在門口。

「你要不留下來，要不帶走我。」

有一次她曾跟德勞拉提起，她希望跟他私奔到帕倫克的聖巴西里奧躲藏，那是一個逃跑的奴隸聚集的小村莊，離這裡六十六公里遠，他們一定把她當作王后般迎接。德勞拉以為這只是個心血來潮的想法，沒想到她是想逃跑。他比較傾向透過合法的管道，也就是侯爵確認女兒並沒有遭到惡魔附體後，再將她帶回去。至於他得獲得主教的赦罪和特許，重回世俗社會，在那裡經常有教士或修女結婚，所以不會被認為是醜聞。因此，當希娃．瑪莉亞給他兩個選擇，要他留下或帶走她時，德勞拉再一次試著哄她，要她忘記這件事。她抱著他的脖子，威脅要放聲尖叫。這時天快亮了，德勞拉驚慌不已，他用力推開她，趕在晨禱就要開始前成功脫身。

希娃．瑪莉亞的反應相當劇烈。她為了一點小事抓花了守衛修女的臉，接著拉上門栓，關在裡面威脅她們要是不放走她，她要放火燒牢房，把自己一起燒死。守衛修女滿臉是血，氣得對她大吼：

「妳敢！妳這個鬼王一樣的畜生！」

希娃．瑪莉亞唯一的回答是拿起聖體燈放火燒床墊。還好有瑪汀娜的介入，用她那套安撫的辦法阻止了悲劇的發生。不管如何，這一天守衛修女在報告中要求把小女孩轉移到隱修女居住樓閣的牢房，那裡的監控比較嚴密。

希娃．瑪莉亞的渴望，逼得德勞拉立刻找出除了逃跑以外的辦法。他曾兩度想要面見侯爵，卻都被獒犬嚇阻，他發現牠們盤據在沒有主人的屋子裡任意走動。事實上侯爵已經不會再回到這裡。他受不了一直擔驚受怕，想從杜樂絲．奧利維亞懷裡尋求安全感，但是不得其門而入。他自從感到被寂寞啃噬後，就想盡辦法呼喚她，結果只接到摺紙小鳥捎來的嘲弄。但突然間，她悄悄地不請自來。她打掃和整理因久未使用而荒廢的廚房，小鍋子在爐子雀躍的火焰上咕嚕咕嚕滾煮。她像在過禮拜日一樣裝扮，穿上一襲褶邊薄紗洋裝，戴上飾品，塗抹流行的香膏，全身上下唯一的瘋狂打扮是那頂寬邊帽子，上面綴著碎布縫製的魚和小鳥。

「感謝妳過來。」侯爵對她說。「我感覺好寂寞。」接著他補上一句嘆息。

「我失去了希娃。」

「這都是你的錯。」她滿不在乎地說。「是你做了所有注定失去她的事。」

晚餐是一鍋當地迎合白人口味的馬鈴薯燉湯，裡面放了三種肉和從果園精挑細選出來的食材。杜樂絲．奧利維亞服侍他吃飯，舉手投足恍若屋子的女主人，而且與她的服裝相當搭配。兇猛的狗兒在她身邊跟前跟後，在她的腳間鑽來鑽去，她用輕柔的語氣安撫牠們。她在侯爵對面的位置坐下來，但在他們還年輕、對愛情還無所畏懼時，早該這樣做了。他們安靜地用餐，沒有看著彼此，他們汗如雨下，像是漠然的老夫老妻般喝著湯。主菜之後，杜樂絲．奧利維亞決定休息一下喘口氣，這時她注意到自己的歲數。

「我們早該過著這樣的生活。」她說。

侯爵聽了她大剌剌的說法，心中有所感觸。他凝視著她，眼前的女人體態臃腫、年老色衰、少了兩顆牙齒、眼睛已經失去昔日的光芒。或許吧，當年他若是有膽量反抗父親，他們早該過著這樣的生活。

「妳看來頭腦還挺清楚的。」他對她說。

「我一直都是這個樣子。」她說。「是你從不這樣看我。」

「我從一堆人中挑出了妳，當時妳們全都年輕漂亮，難以區別哪一個最好。」他說。

「是我努力讓你來挑選我，」她說。「而不是你挑中我的。你一直都跟現在一樣，是個可憐的傢伙。」

「妳竟然在我的屋子裡羞辱我。」他說。

這樣激烈的一來一往，杜樂絲．奧利維亞變得情緒高昂。「你的屋子就像我的屋子。」她說。「你的女兒也像我的女兒，儘管生她的是條母狗。」她沒給侯爵時間回話，繼續下結論：

「最糟糕的是，你把她送到壞人的手裡。」

「是上帝的手裡。」他說。

杜樂絲．奧利維亞氣呼呼地大吼：

「是主教兒子的手裡，他玷污她的肉體，搞大了她的肚子。」

「妳再不住嘴，小心毒死自己！」侯爵氣得大叫。

「莎谷塔也許會誇大事實，但是從不說謊。」杜樂絲．奧利維亞說。「還有，你別想羞辱我，哪天你要是死了，你的身邊只有我能將你埋葬。」

這次見面一如以往地結束。她淚眼婆娑，眼淚滴落餐盤，像是大顆的湯汁。狗兒睡著了，卻因為感受到吵架的緊張氣氛而驚醒，牠們警覺地抬起頭，喉嚨發出嗥叫聲。侯爵感覺就快喘不過氣來。

「看到了沒，」他生氣地說。「這就是我們會過的日子。」

她沒吃完飯，直接站了起來。她忍著無聲的怒氣，收拾餐桌，清洗碗盤和鍋子，她一邊洗一邊砸破水槽裡的餐具。他任憑她哭，直到她把一堆餐盤碎片，像是一陣從天而降的冰雹倒進垃圾箱。然後她不告而別。侯爵從不知道，也沒有任何人知道，杜樂絲．奧利維亞是從何時開始變了，她不再是原本的她，只像一縷夜晚在屋內飄蕩的幽魂。

更早之前有個謠言，據說卡耶塔諾．德勞拉跟主教在薩拉曼卡開始就是一對情人，如今則被他們是父子的傳聞取代。杜樂絲．奧利維說的版本，是經過莎谷塔的肯定後再加以渲染，她說，希娃．瑪莉亞其實是遭到綁架，囚禁在修道院供卡耶塔諾·德勞拉一飽邪惡的淫慾，還說她懷了一個雙頭孩子。莎谷塔說，他的縱情狂歡污染了整座聖塔克拉拉修道院。

侯爵一直沒有康復。他在記憶的沼澤裡遊蕩，尋覓對抗恐懼的避風港，卻只找到對貝娜妲的回憶，她的模樣在寂寞中顯得優雅起來。他想消除這種愁緒，開始試著回想對她的厭惡，像是她身上的惡臭、她粗魯的回應、她兩頰像公雞的高顴骨，可是他越是想醜化她，就越是美化了記憶裡的她。他思思念念，最後忍不住試著捎訊息給她，他猜想她離家後是去了馬阿特斯的磨坊，而她人的確在那裡。他捎信告訴她，應該忘掉她的怨恨回家，他們兩個死掉時至少身邊能有個伴。不過他沒有收到回覆，所以準備出發尋人。

他循著記憶溯溪而上。當初在轄區內最漂亮的一座莊園，如今已化作一片廢墟。他難以辨識淹沒在荊棘叢間的道路。那間磨坊只剩下殘磚碎瓦和鏽蝕的機器，最後的兩頭牛只剩骨架，還套在機器的耙蔗桿上。唯一還有生氣的是葫蘆樹的樹蔭下那口長滿牽牛花的水井。侯爵在認出這間矗立在化為滿地石頭，和燒焦雜草的甘蔗園上的屋舍前，先聞到一股貝娜妲的肥皂香味，這股香味最後融為她自然的體香，他發現自己有多麼迫不及待想要見她。她就在那裡，在圍著欄杆的門廊上，坐在一張搖椅上吃著巧克力片，目不轉睛地盯著遠方的地平線。她穿著一件粉色棉質裙子，剛洗過澡，頭髮還濕漉漉地披著。

侯爵向她打招呼：「午安。」接著爬上門廊的三個臺階。貝娜妲回應他，可是目光沒有移到他身上，彷彿是對著空氣問好。侯爵爬上圍著欄杆的門廊，從這兒視線能越過荊棘叢，遙望整個地平線。視線所及只有山巒景色和水井邊的葫蘆樹。「這裡的人呢？」他問。貝娜妲如同她的父親，回答時並不看著他。「都走光了。」她說。「方圓五百五十公里內沒有任何人煙。」

他進去屋內想找張椅子。整棟屋子殘破不堪，地磚的細縫鑽出幾株開著紫黑色小花的灌木叢。飯廳裡有張古老的飯桌和幾張椅子，同樣都沒逃過白蟻的蛀蝕，時鐘不知道在何時停住了，呼吸時，他感覺空氣中飄浮著一層看不到的灰塵。侯爵拿來一張椅子，坐在貝娜妲身邊，對她呢喃：

「我是為您而來。」

貝娜妲面不改色，但是她點點頭回應，動作幾乎輕得難以察覺。他跟她說起他的近況：屋子裡一片寂寥，奴隸拿著刀蹲在灌木叢後面，黑夜似乎永無止境。

「這根本不是生活。」他說。

「從來就不是。」她回答。

「或許還是可以過真正的生活的。」他說。

「您如果真知道我有多恨您，就不會這樣跟我說話。」她說。

「我也曾經以為我恨您。」他說。「但現在我卻感覺自己不是那麼確定。」

這時貝娜妲敞開心胸，好讓他能在大白天看清楚她的內心世界。她告訴侯爵，她的父親是如何教她以鯡魚和醃漬物當藉口接近他；如何用看手相算命的老招數欺騙他；如何串通好趁他睡覺時強行上了他；以及如何冷靜和精確地計畫懷上希娃・瑪莉亞，讓她牢牢地抓住他一輩子。侯爵唯一該感謝的，是她並沒有去做跟父親策劃的最後計謀，那就是在他的湯裡下鴉片酊，從此不必再忍受他的存在。

「是我自願往自己脖子上套繩索。」她說。「但是我不後悔。此外，出乎我意料的是，我不得不去愛那可憐的早產女兒或是您，而您可是我不快樂的根源。」

總之，壓倒她的最後一根稻草是失去胡達士・伊斯卡由德。她曾試著從其他男人身上找尋他的影子，毫無節制地跟磨坊的奴隸私通，在踏出第一步之前，她只覺得噁心至極。她挑選奴隸，將他們分組，要他們在香蕉園前排隊等著跟她交歡，直到發酵蜂蜜和巧克力片毀了她的魅力，外表變得臃腫醜陋，嚇退了許多奴隸。從那之後她開始付錢。一開始她付點小錢，就能根據外貌和體格挑選年輕的奴隸，到後來她只能付黃金，而且無法挑人。她太晚發現奴隸為了逃避她深不見底的飢渴，成群逃往帕倫克的聖巴西里奧。

「那時我才知道，早該拿斧頭劈死他們。」她說，連一滴眼淚也沒掉。「不只劈死他們，還有您跟女兒、我小氣的父親，以及所有毀了我人生的人。但是現在我已經殺不了任何人了。」

他們安靜地凝視著荒地遠處的日落。地平線傳來一群動物的響聲，伴隨一個女人一聲聲呼喚牠們名字的叫聲，直到天色暗下。侯爵嘆了一口氣：

「我知道了，我沒有什麼要感謝您的。」

他不疾不徐地站起來，把椅子放回原處，沿著來時的路徑離開，他沒有道別，也沒有提燈上路。兩年後的夏天，人們在一條不知通往何方的小徑上，發現他只剩下一具被禿鷲啃剩的白骨。

那一天的刺繡，瑪汀娜．拉波德延長了一整個早上的時間，好趕完落後的進度。她到希娃．瑪莉亞的牢房吃午餐，接著回自己的牢房睡午覺。到了下午，只剩最後幾針就要結束時，她跟希娃．瑪莉亞聊了起來，口氣異常悲傷。

「如果妳有辦法離開這座監獄，或者我先離開，要永遠記住我。」她說。「這會是我唯一的榮耀。」

希娃．瑪莉亞不懂她的話，直到第二天守衛修女大聲叫醒她，因為她天亮後發現瑪汀娜不在牢房裡。她們將修道院徹底搜查了一遍，卻找不到任何線索。她留下的唯一消息，是希娃．瑪莉亞在枕頭下找到的一張紙條，上面有她華麗的字跡：我會每天祈禱三次，祝妳們非常快樂。

當她還震驚不已時，院長闖進牢房，隨行的還有副院長和其他如步兵般一絲不苟的高層，以及一支拿著滑膛槍的武裝部隊。她伸出手憤怒地壓著希娃．瑪莉亞，對她咆哮：

「妳是共犯，妳得接受處罰。」

小女孩舉起沒被壓住的那隻手，那股堅定讓院長愣在原地：

「我看到他們離開了。」她說。

院長驚愕不已。

「她不是一個人？」

「他們一共六個人。」希娃．瑪莉亞說。

聽起來不可能，更不用說他們從露臺出去，唯一的逃脫路線就是院子，但那裡的戒備森嚴。「他們長著蝙蝠的翅膀。」希娃．瑪莉亞一邊說一邊揮動雙臂。「他們在露臺打開翅膀，把她帶走了，一直飛一直飛，飛到海的另外一面。」部隊長一臉驚恐，他在胸前比畫十字架，屈膝跪下。

「聖潔的聖母瑪利亞。」他說。

「無染原罪受孕。」大家齊聲說。

這是個天衣無縫的逃獄，瑪汀娜自從發現德勞拉會來修道院過夜後，便暗中縝密計畫。她唯一沒預見的，或者說她其實並不在乎的，是她得從地下水道裡面關上門，以免引起任何猜疑。調查逃獄的人員發現了敞開的地下水道，搜索一番後發現了真相，立刻就把兩邊的出口堵死。希娃．瑪莉亞被迫移轉到隱修女的樓閣，關進大門深鎖的牢房。這一晚，月光皎潔，德勞拉拚命地想推倒封死隧道的土牆，結果弄傷了雙手。

他像是發了瘋似地飛奔去找侯爵。他沒有敲門，直接將大門推開，闖進空蕩蕩的屋子，屋內跟街上一樣明亮，因為月光穿透了彷彿透明的石灰牆。屋子已經無人居住，不過裡頭相當整潔，家具整齊排列，花瓶插著花朵，一切完美極了。獒犬聽到鎖鏈的錚錚聲後開始躁動，不過杜樂絲．奧利維亞一聲如軍事般的指令，厲聲叫牠們安靜下來。德勞拉看見她站在院子幢幢的綠影暗處，她穿著女侯爵的長袍，美麗而散發光暈，頭髮上妝點著新鮮的山茶花，花朵色彩鮮豔，發出了強烈的香氣，於是他舉起雙手，以食指跟拇指比出十字架。

「以上帝之名：請問妳是誰？」他問。

「我是在煉獄煎熬的靈魂。」她回答。「那您又是誰？」

「我是卡耶塔諾．德勞拉。」他說。「我來跪求侯爵大人撥點時間聽我說。」

杜樂絲．奧利維亞的雙眼迸出憤怒的火花。

「侯爵大人沒有必要聽一個惡人說話。」她說。

「您是誰？有什麼資格這樣說？」

「我是這棟屋子的女王。」她說。

「願上帝垂憐。」德勞拉說。「請您通知侯爵，我來跟他談他千金的事。」他不再拐彎抹角，舉起手放在胸前說：

「我願意為了愛她而死。」

「你再多說一句話，我就放狗出來了。」杜樂絲・奧利維亞氣憤地說。她指著大門說：「滾出去。」

她的威嚴讓人無法反抗，德勞拉盯著她，往後退去，然後離開了侯爵的家。

到了禮拜二，亞雷魯西歐踏進德勞拉位在醫院的小房間，發現他因為徹夜未眠累垮了。德勞拉一股腦兒地向他宣洩所有的秘密，從他遭受懲罰的真正原因，到在牢房裡享受的愛情之夜。亞雷魯西歐聽完後不知所措。

「我想像過任何您會做的事，就是沒想到您會這麼瘋狂。」

這回換德勞拉傻住了，他問：

「你從沒有這種經驗？」

「從來沒有，孩子。」亞雷魯西歐說。「性愛是一種天賦，只是我沒有這種天賦。」

他試著勸阻德勞拉。他對他說愛情是一種違反天性的感覺，是貧瘠的，也有害健康，會引誘兩個陌生人上癮，愛情越是轉瞬即逝，越是洶湧澎湃。可是德勞拉聽不進去。他一心一意想逃離基督教世界的壓迫，逃得越遠越好。

「只有侯爵能在法律上幫助我們。」他說。「我希望能跪求他，但是我到他家找人卻撲了個空。」

「你永遠不可能找得到他。」亞雷魯西歐說。「他聽到了傳言，說是你企圖染指他的女兒。現在我從基督教徒的立場來看，他的做法是有道理的。」這時他直視德勞拉的眼睛。

「你不怕下地獄嗎？」

「我想我已經下地獄了，但不是因為聖靈。」德勞拉一點也不感到訝異地說。「我一直相信聖靈更在乎愛情，而不是信仰。」

亞雷魯西歐掩不住對他的佩服，這個男人已經掙脫理性的桎梏。但是他不能對他做出虛假的承諾，尤其是當宗教裁判所介入時，他更不能這麼做。

「您對死亡有一套信仰，透過這種信仰得到對抗死亡的勇氣和幸福。」他對德勞拉說。「我並不是這樣想的：我認為活著才是唯一重要的事。」

德勞拉奔回了修道院。他大白天就溜進了僕人進出的小門，穿過花園，沒有一絲提防之心，他以為憑著祈禱的力量就沒有人能看見他。他爬上二樓，穿過一條空蕩蕩的長廊，這裡的屋頂低矮，連結了修道院的兩棟主要建築，他闖進了隱修女氣氛凝重的無聲世界。他經過希娃．瑪莉亞新的牢房前面，卻完全沒有發現，而女孩正在裡面為他哭泣。當他快要抵達監獄所在的閣樓時，一聲叱喝在他的背後響起。

「不要動！」

他回過頭，看見一個戴面紗的修女對著他拿著苦像十字架。他往前一步，可是修女舉起基督擋去他的路。「退去！」她對他大喊。

他的背後又響起另一聲怒叱。「退去！」接著一聲緊接著一聲響起：「退去！」他轉身好幾次，才發現一群恍若鬼魂的修女正團團圍住他，她們戴著面紗，拿著苦像十字架齊聲呼喊：

「退去！撒旦！」

德勞拉再也沒有力氣反抗。她們把他交給宗教裁判所處置，在一處廣場接受公開審判，遭指控與異教有所牽連，這個結果引起了教會內部的騷動和爭論。最後經過特赦，他只要在天父之愛醫院當醫護員服刑，他在那裡跟病人同住許多年，跟他們一起吃飯、在地上睡覺，用他們木盆裡洗過的髒水清潔身體，但是從沒能如願地得到痲瘋病。

希娃．瑪莉亞空等著他。到了第三天她開始絕食、激烈反抗，然而這只是替她遭惡魔附身的說法又添證據。主教感到心神不寧，因為德勞拉的墮落、阿奇諾神父的神秘死亡，世間開始流傳，這個不幸事件已經超乎他的智慧與能力所能掌控的範圍，他拿出他的身體狀況和年紀所沒有的一股力量，決定再次親自主持驅魔儀式。這一次希娃．瑪莉亞穿著緊束衣，頂著剃光的頭，使出撒旦般的兇猛力氣抵抗，她講著各種語言，或者發出地獄中的鳥兒的哀鳴。第二天，牲畜像是發瘋一般發出漫天的咆哮，大地為之震動，令人不得不聯想希娃．瑪莉亞受到了地獄所有惡魔的幫助。回到牢房之後，她被迫喝下聖水灌腸，這是法國人的辦法，說能排出可能殘留在她體內的惡魔。

這個治療又持續了三天。希娃．瑪莉亞已經一個禮拜不曾進食，即便如此，她仍掙脫了一隻腳，用後腳跟踢中主教的下腹，將他擊倒在地上。此時大家才發現，她早就能夠掙脫了，因為她早已變得骨瘦如柴，皮帶已經無法將她綁住。由於這場令人譁然的意外，教士會建議暫停驅魔儀式，但主教卻堅決反對。

希娃．瑪莉亞始終不知道卡耶塔諾．德勞拉的遭遇，為什麼他不再提著門廊上賣的點心過來，不再跟她共度飢渴的夜晚。五月二十九日這天，她在奄奄一息中，又夢見那扇窗戶，外頭是一片白雪覆蓋的原野，卡耶塔諾．

德勞拉不在那裡，也永遠不會再出現在那裡。她的膝上有一串金色葡萄，只要吃掉就馬上長出新的。但是這一次，她不是一顆一顆拔下，而是兩顆接著兩顆拔下，她幾乎不呼吸，飢渴地想吃掉藤上的最後一顆葡萄。當守衛修女進來牢房，要替她準備第六場驅魔儀式時，卻發現她在愛情的擁抱下死在床上，她的雙眼發出光芒，皮膚宛若新生一般細嫩。她剃光的腦袋長出大量的頭髮，就像是泡泡一樣冒出來，越長越長。

cien años de soledad

gabriel garcía márquez

百年孤寂

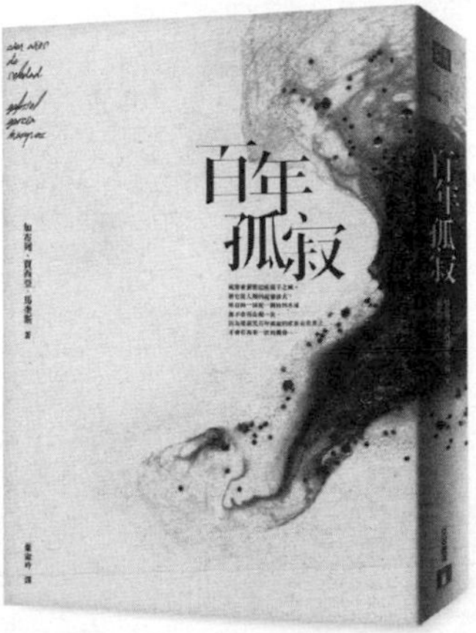

加布列・賈西亞・馬奎斯 著

諾貝爾文學獎大師最膾炙人口的代表作！
出版50週年紀念，首度正式授權繁體中文版！

風將會摧毀這座鏡子之城，將它從人類的記憶抹去，
所有的一切從一開始到永遠都不會再出現一次，
因為遭詛咒百年孤寂的家族在世界上不會有再來一次的機會……
《百年孤寂》是諾貝爾文學獎大師馬奎斯最膾炙人口的代表作，
也是魔幻寫實主義最偉大的不朽經典。
馬奎斯藉由波恩地亞家族宛如夢幻泡影般的興衰起落，
創造出一個涵蓋愛情與戰爭、政治與宗教、
歷史與神話、生存與死亡的想像世界，
不僅寫盡了人生的悲歡離合，也訴盡了生命的虛幻與孤寂。

國家圖書館出版品預行編目資料

關於愛與其他的惡魔 / 加布列・賈西亞・馬奎斯作
; 葉淑吟譯 . -- 初版 . -- 臺北市 : 皇冠, 2018.07
面 ; 公分. --（皇冠叢書;第 4703 種）(CLASSIC;094)
譯自 : Del amor y otros demonios

ISBN 978-957-33-3387-6（平裝）

885.7357 107009868

皇冠叢書第 4703 種

CLASSIC 094

關於愛與其他的惡魔

Del amor y otros demonios

作　者—加布列・賈西亞・馬奎斯
譯　者—葉淑吟
發 行 人—平雲
出版發行—皇冠文化出版有限公司
台北市敦化北路120巷50號
電話◎02-27168888
郵撥帳號◎15261516號
皇冠出版社(香港)有限公司
香港上環文咸東街50號寶恒商業中心
23樓2301-3室
電話◎2529-1778　傳真◎2527-0904
總 編 輯—龔橞甄
責任主編—許婷婷
責任編輯—蔡維鋼
美術設計—王瓊瑤
著作完成日期—1994年
初版一刷日期—2018年07月

法律顧問—王惠光律師
有著作權・翻印必究
如有破損或裝訂錯誤，請寄回本社更換
讀者服務傳真專線◎02-27150507
電腦編號◎044094
ISBN◎978-957-33-3387-6
Printed in Taiwan
本書定價◎新台幣320元/港幣107元